O ESTRANHO OESTE DE KANE BLACKMOON

DUDA FALCÃO

AVEC

Copyright ©2019 Duda Falcão
Todos os direitos dessa edição reservados à AVEC Editora.

Nenhuma parte desta publicação poderá ser reproduzida, seja por meios mecânicos, eletrônicos ou em cópia reprográfica, sem a autorização prévia da editora.

Editor: Artur Vecchi
Projeto Gráfico e diagramação: Vitor Coelho
Ilustração de capa: Ed Anderson
Revisão: Gabriela Coiradas

Dados Internacionais de catalogação na Publicação (CIP)
(Câmara Brasileira do Livro, SP, Brasil)

F 185
    Falcão, Duda
    O estranho oeste de Kane Blackmoon / Duda Falcão. – Porto Alegre : Avec, 2019.

    ISBN 978-85-5447-037-1
        1. Ficção brasileira
        I. Título

    CDD 869.93

Índice para catálogo sistemático:
1. Ficção : Literatura brasileira 869.93
Ficha catalográfica elaborada por Ana Lucia Merege – 467/CRB7

1ª edição, 2019
Impresso no Brasil/ Printed in Brazil
Impressão: Gráfica Odisséia

Caixa Postal 7501
CEP 90430-970 – Porto Alegre – RS

contato@aveceditora.com.br
www.aveceditora.com.br
@aveceditora

Dedico este livro para a minha esposa amada.

Homem-urso 7
- Moinho 7
- O pássaro de sombras 9
- O calor da terra 14

Bisão do Sol Poente 17
- Preâmbulo do inferno 17
- Xamã sioux 22
- Cachimbo sagrado 26
- Corvo 28
- Hospedeiro 33
- Cova rasa 39

Armadilha 41
- A lembrança do morto 41
- O ensopado 46
- A igreja no meio do deserto 50

Resgate do mundo inferior 53
- A forca 53
- A caverna 58
- O cavalo negro 62
- As gêmeas 65
- O mundo inferior 74
- A barganha 79
- O sacrifício 82

Procurado 91
- A partida 91
- O coiote 94
- A recompensa 105

Sob os auspícios do corvo 111
- Rancho 111
- Cidade 117
- Covil 121

Nevasca 133
- A cidade ao pé da montanha 133
- A cabana 136
- Temporada de inverno 142
- O canibal 147

O trem do inferno 157
- Os vagões da primeira classe ... 157
- Trapaceiros 161
- Assalto 169
- O olhar do corvo 170
- O leste 178

Epílogo 181

HOMEM-URSO

1.
Moinho

Kane Blackmoon galopava em alta velocidade. Mantinha o cavalo bem guiado segurando as rédeas apenas com a mão esquerda. Com a direita, empunhava um antigo Colt Walker. Talvez o resultado não fosse tão bom quanto o de outras armas da própria empresa do ganancioso Samuel Colt. Mesmo assim, havia momentos em que se sentia nostálgico. Do cano de nove polegadas, disparou uma bala de calibre 44, que acertou na escada do tanque do velho moinho. O fugitivo se desequilibrou praguejando. Quase sem mirar, atirou na direção de Kane. Queria assustá-lo. Tentava ganhar tempo para alcançar o topo do tanque. Lá de cima, o caçador de recompensas se tornaria um alvo mais fácil para o bandido.

Aquele lugar estava abandonado. A fraca luz da lua minguante dava um ar de dissolução. A terra seca em algum momento devia ter sido fértil. O velho moinho não funcionava. Porém, Kane podia escutar as engrenagens enferrujadas de metal se movimentando conforme o vento entrava em contato com as pás. O tanque de madeira, bem próximo da torre do moinho, estava esburacado, com cupins, sem dúvida, condenado.

O mestiço não podia arriscar. Mesmo sabendo que entregar o fugitivo vivo lhe renderia mais dólares no bolso do que se estivesse morto, apertou o gatilho de modo certeiro desta vez. O projétil se instalou nas costas do sujeito, que berrou de dor. Ele não teve forças para continuar subindo a escada e despencou de alguns metros de altura, caindo no chão seco. O revólver foi parar bem longe do seu alcance. Blackmoon diminuiu o ritmo do cavalo, apenas trotou até chegar onde havia se estatelado o homem.

— Você é o diabo, índio? — disse o sujeito quase sem fôlego, sentindo a bala penetrar ainda mais em suas costas. — Não perdeu meu rastro em nenhum momento!

— Nem diabo, nem índio, somente um ser humano tentando sobreviver. — Kane pegou no bolso da sua camisa uma garrafinha de uísque e bebeu um gole. — Aceita?

O homem não titubeou:

— Sim.

Kane se agachou e levou o gargalo da garrafa até a boca do moribundo.

— Obrigado. Nem meu pai teria feito isso por mim. Ele me odiava. Talvez minha mãe... — O homem tossiu.

— Você teve a presença do seu pai, ao menos. Uma vez minha mãe me contou uma história sobre o meu. Quer ouvir?

— Não tenho nada melhor pra fazer... — Ele tossiu de novo e dessa vez cuspiu sangue. Os olhos começaram a ficar baços.

— Hoje é um daqueles dias em que estou com saudades da minha mãe. Pura melancolia, sabe?

— Sei.

— A última lembrança que tenho da minha mãe não é nada agradável. Ela estava deitada na cama, cobertores esquentavam o seu corpo, que definhava com uma doença terrível. O quarto cheirava mal. Mesmo assim, eu podia suportar, era minha mãe e eu a amava. Posso ouvir a sua voz como se fosse hoje e ainda sinto o carinho terno que fazia em minhas mãos. Ela sabia que a morte se aproximava. Sua pele branca me encantava. Como eu podia ser tão diferente e, ao mesmo tempo, tão parecido com ela? Dava dó de ver os cabelos negros caindo desgrenhados sobre os ombros raquíticos e as maçãs do rosto sem brilho. Tive de me conter para não chorar. Com todas as dificuldades que ela estava tendo, arranjou forças para me contar pela primeira e única vez sobre o meu nascimento e sobre a valentia do meu pai. Ela respirava com dificuldade e começou o relato com os olhos marejados e a voz embargada.

2.
O pássaro de sombras

A voz da mãe de Kane o maravilhava. Cada frase que ela dizia tinha o dom de fazê-lo presenciar os detalhes do relato do seu nascimento. A criança era capaz até mesmo de preencher com a sua imaginação os pormenores que não haviam sido fornecidos. Eles estavam lá guardados em algum lugar de sua memória.

O moribundo parecia prestar atenção na história do mestiço:

— Minha mãe contou que eu chorava compulsivamente quando nasci. Estávamos em uma tenda de formato cônico com abertura em seu ponto mais alto. Uma fogueira acesa deixava o ambiente enfumaçado. Uma parteira gorda e cheia de saúde havia feito o serviço. Sempre que penso nela, vejo um rosto simpático me bajulando. Pela tenda estavam espalhadas armas de caça e guerra, lanças, machadinhas, arcos e flechas e toda a sorte de peles de animais como decoração em seu interior. Ao ser colocado nos braços da minha mãe, me acalmei. Posso imaginar como ela era bonita naquela época, antes de ficar doente. Meu pai estava por perto. Um índio *hopi* com cerca de quarenta anos. Ele sorria, segundo minha mãe, feliz pela minha chegada ao mundo. Teria dito com orgulho: *esse é meu filho*.

Kane fez uma pausa para observar o horizonte e dirigiu o olhar novamente para o homem que acabara de capturar com um balaço:

— Mas como bem sabemos, eu e você, o Oeste não foi feito para alegrias. Elas duram pouco, às vezes apenas algumas frações de segundo. Ouviram-se gritos de dor e de desespero vindos de fora da tenda. Meu pai pegou a primeira arma que estava ao seu alcance. Ficamos apenas nós três ali. Eu, minha mãe e a parteira. *Bang, bang, bang,* foi assim que minha mãe disse que escutou uma série de tiros que ocorriam no acampamento. Neste ponto as coisas ficam bem estranhas, não sei exatamente se foi minha mãe que contou isso ou fui eu que imaginei.

Kane Blackmoon tomou mais um gole.

— Era como se eu estivesse plenamente consciente de tudo. Minha memória parece ter sido recuperada. Tenho a vívida sensação do farfalhar de asas voando dentro da tenda. Logo que isso ocorreu, minha mente seguiu um pássaro de sombras. Quando percebi, estava sobrevoando o acampamento dos meus parentes *hopi*. Vi soldados das tropas da União lutando contra os índios.

O mestiço tampou a garrafinha e decidiu guardá-la no bolso.

— Meu pai correu na direção de dois homens que combatiam. Um deles era um índio empunhando uma lança. O outro, um homem branco que brandia uma espada sobre um cavalo. O *hopi* cravou a ponta da lança no pescoço do quadrúpede, que empinou, quebrando-a. Meu pai, sem perder a oportunidade ao ver o inimigo se desequilibrar, arremessou a machadinha que carregava contra ele. Acertou em cheio na cabeça. Os olhos do homem se arregalaram como se não acreditasse no golpe certeiro que findava com a sua vida miserável. As mãos se soltaram das rédeas e o corpo se estatelou no chão. No entanto, o amigo do meu pai não enxergou a aproximação sorrateira de outro inimigo. Um soldado da União disparou um tiro em suas costas. Com pesar estampado no rosto, meu pai viu o companheiro de tribo morrer. Pude perceber a ira em seus olhos, como se estivesse possuído. A lua espectadora, eu podia sentir, vibrava em sintonia com a sanguinolência da batalha. Ela aparecera depois que nuvens negras se abriram para que pudesse fazer parte daquela história. Imponente, cheia e vermelha como sangue, observava a contenda. Então, minha atenção foi desviada para uma fogueira. Tocos queimavam e eu podia escutar o crepitar. Pela primeira vez, contemplei a face enrugada de um velho feiticeiro. O sujeito estava todo pintado e paramentado para a guerra. Ele estendia os braços para o alto. Em suas mãos, apertava um coração grande, órgão de algum animal. Disse com uma voz vigorosa e grave, que não parecia sair daquela garganta envelhecida: *que este coração volte a pulsar!*

— Uma história de guerra antes de morrer me deixa animado — disse o bandido, se esforçando para abrir um sorriso torto, sem graça e banhado em sangue.

— O feiticeiro jogou o coração na fogueira — continuou Blackmoon. — Meu olhar correu de volta para o meu pai. Vi despontar em seus olhos uma fúria avassaladora. Ele se transformava. Espasmos percorreram o seu corpo índio. Pelos brotaram do seu rosto, um focinho se avolumou no lugar do nariz e da boca. Um urso pardo tomou o lugar dele. O urso era o meu pai!

O relato de Kane ganhara intensidade como se fosse a primeira vez que contava aquela história fantástica:

— O homem-urso ficou sobre duas patas. Ameaçador, apavorou aqueles que contemplaram a transformação e a sua ira profunda. Meu pai atacou o soldado que assassinara seu amigo. Com apenas uma patada no peito do homem, rasgou camisa, pele e carne, causando um ferimento profundo. Quando o soldado caiu, sem chances de defesa, o urso o mordeu entre o pescoço e o ombro. Em desespero, o sujeito gritava sendo sacudido no ar pelo animal sobrenatural. O urso arremessou o corpo sem vida sobre outros dois soldados que se aproximavam com espadas em punho. Dois cavaleiros montados e três soldados a pé cercaram a criatura selvagem. Mais uma vez, o foco da minha atenção mudou. Eu enxergava o feiticeiro e suas mãos calejadas. Ele segurava ossos entre as suas palmas. Eram falanges de pés e mãos as quais arremessou na fogueira junto àquele coração que queimava. Percebi que conjurava uma nova magia. Elevou as mãos para o céu como se quisesse erguer algo do fundo da terra. Sua expressão era séria e de alguém que fazia força. O suor escorria por sua testa, os dentes rangiam arrastando-se uns contra os outros. Ouvia-o dizendo: *o fogo forja. Dá vida ao que está morto!*

O vento se tornou violento, impulsionando as pás do moinho envelhecido. O seu movimento produzia um som agudo e descompassado. Por um momento, Kane observou a antiga estrutura. Devia estar abandonada havia mais de década.

— Continue — suplicou o ouvinte.

O mestiço retomou o relato de sua experiência extraordinária:

— De dentro do fogo, se materializaram dois guerreiros *hopi*. Suas formas eram etéreas. Os rostos e as peles, de tão enrugados, lhes davam o aspecto de múmias. Emitiam uma luz fosca, branca e azulada como fogo-fátuo. O feiticeiro esbravejava: *que os ancestrais nos protejam!* Um deles empunhava uma lança; o outro, um arco, e nas costas, flechas em uma aljava. O arqueiro mirou e arremessou sua flecha banhada naquela luz sobrenatural. Acertou o olho de um dos soldados da tropa da União, atravessando a cabeça com crueldade e precisão. Um dos soldados, tentando vencer o medo, se aproximou do outro guerreiro fantasmagórico. Arriscou cortá-lo com a espada e o atingiu no tronco, em um movimento rápido da direita para a esquerda. No entanto, a lâmina atravessou a essência etérea sem causar dano. A entidade encarou o imprudente soldado com uma expressão fria de desdém. Com a lança, o espírito do *hopi* fez um movimento de baixo para cima que perfurou o estômago do homem. A arma deslizou para o peito até sair do outro lado. O fantasma ergueu a lança no alto com o soldado estrebuchando. Em seguida, o guerreiro espiritual movimentou a lança como se fosse um martelo, jogando longe o inimigo que estava preso a ela. O corpo do homem se chocou violentamente contra o chão e as vísceras se espalharam pelo buraco recém-aberto.

Kane percebeu os olhos vidrados do fugitivo. O brilho da vida agora se extinguia rápido. No entanto, o relato selvagem agradava ao homem em seus últimos instantes. Blackmoon se sentia em dívida por tirar a vida do sujeito. Uma história era tudo o que tinha para amenizar a chegada dele ao inferno:

— Eu queria avisar o feiticeiro. Mas era impossível, eu apenas podia ver o que acontecia. Um soldado se aproximou por trás do velho índio *hopi* apontando o cano de um revólver contra a sua nuca. O sangue espirrou quando a bala se alojou na cabeça do conjurador. Mesmo com o apoio de uma forte feitiçaria, os *hopi* não pareciam páreos para o número de soldados que invadira o acampamento. A visão da morte do xamã fez com que minha perspectiva mudasse mais uma vez. Não sei qual foi o final daquela contenda. Apenas senti o farfalhar de asas me levando para outro lugar. Pude ver o acampamento de cima. Homens e mulheres batalhavam sem trégua, lutando pelas suas vidas. O pássaro de sombras me conduziu até um pequeno grupo que se afastava das tendas. Algumas das mulheres da tribo fugiam carregando bebês no colo e puxando crianças menores pelas mãos. Desciam um terreno íngreme no meio de uma floresta conífera. Não eram muitas, talvez fossem umas dez somente. Entre elas estavam a minha parteira e a minha mãe, que me transportava apertado junto aos seus seios. Ouvi minha mãe dizer: *não devíamos abandoná-los!* A parteira tentou se justificar: *nosso dever é proteger a prole*. Minha mãe perguntou, sem esperanças, com a voz embargada: *eles vão sobreviver?* A parteira fez uns segundos de silêncio, enquanto desciam a encosta: *somos fortes. Se um sobreviver, todos sobreviverão.* O pássaro me levou bem para o alto, saindo da floresta. Enxerguei um rio. Em uma de suas margens, havia canoas ocupadas por mulheres e por crianças *hopi*. O grupo utilizou as embarcações para navegar aquelas águas escuras e frias. A lua vermelho-sangue testemunhou a fuga. Depois disso, tenho a memória de ter adormecido sob a proteção do calor do corpo da minha mãe.

3.
O calor da terra

A noite estava ficando fria. Kane abotoou o casaco de couro.

— Você tem imaginação, índio! — disse o bandido com a última gota de ânimo que ainda lhe restava.

— Imaginação ou realidade, o que importa? — Kane deu de ombros. — Só sei que minha mãe conseguiu fugir. Mas não me contou como fomos parar no mundo civilizado. Morávamos com os pais dela. Meus avós não me suportavam. A cor da minha pele os embaraçava. Sentiam vergonha de mim. Tudo o que me restava de afeição nessa vida era o amor da minha mãe. Quando ela ficou doente, definhando na cama, sei que os dois me culpavam. A morte dela me abalou profundamente. Meus avós me odiavam de forma velada. Um dia tive coragem suficiente e os abandonei. Não existiam motivos para ficar. — O caçador de recompensas suspirou. — Após toda essa ladainha, perdoe-me. Eu preferia não ter tirado a sua vida. Enfim, cada um sobrevive como pode neste mundo maldito.

O bandido morrera. Kane sentenciou com um resto de esperança na voz endurecida:

— Um dia todos nós voltamos para a terra. A terra é como uma mãe que nos dá novamente o seu carinho e o seu calor.

O mestiço fechou as pálpebras do defunto e o colocou sobre a sela do seu cavalo. Uma boa recompensa aguardava Kane Blackmoon pela captura. Sua saga estranha e fantástica pelo velho oeste estava apenas começando.

1.
Preâmbulo do inferno

Kane Blackmoon desceu da sela de seu corcel negro. Era final da tarde, logo o sol estaria se pondo no oeste. A sua viagem já durava duas semanas. Pela última grande cidade que passara, leu os cartazes de procurados. A maior recompensa seria paga pela captura de Hernandes Calderón e seu bando. Kane soube do provável paradeiro dos criminosos ao entrar em contato com um de seus informantes. Como a fonte era segura, decidiu se engajar na busca. Era hora de ganhar alguns dólares fazendo o que gostava. Poderia jogar cartas ou explorar viúvas, porém, preferia caçar. Kane era incapaz de roubar. Ser um caçador de recompensas, para ele, tratava-se de um trabalho digno. As pistas produzidas pelo bando, o roubo de mais um banco e arruaças em cidades isoladas levaram-no até o vilarejo em que agora se encontrava. Descobrira que os bandidos, ao assaltarem o banco, deixaram um funcionário morto com uma bala na testa e o xerife com três tiros pelo corpo. Nos outros lugares, roubaram *saloons*, ranchos e violentaram mulheres.

Kane achava que logo outros caçadores de recompensas, pistoleiros de aluguel ou mesmo pessoas buscando vingança dariam conta de Hernandes Calderón e seus cupinchas. Portanto, quanto antes encontrasse os criminosos, melhor. Do contrário, não colocaria a mão no dinheiro.

A noite se aproximava. Mesmo com um poncho, o frio poderia castigar. Tanto o frio quanto o calor eram penitências de igual medida. Durante o dia, o sol rachava a pele feito brasa. A temperatura do deserto enlouquecia qualquer um que fosse fraco de espírito. Talvez por isso, no velho e estranho oeste, tantos homens e mulheres se tornavam loucos. Cães desgarrados, prontos para salivar raiva sobre suas presas. Não por acaso, tiroteios eram comuns naquelas terras sem lei. Um corpo morto, assassinado, facilmente se tornava parte do cenário do deserto. Sem ser enterrado, virava banquete para os urubus.

Kane amarrou os arreios do cavalo em uma trave de madeira. O animal começou a beber a água depositada em um tanque. O vilarejo estava quieto. Quieto demais, concluía o caçador de recompensas. Desconfiado daquele silêncio sepulcral, Kane sacou seu Colt. Não havia movimento algum por lá, apenas o assobio do vento e a poeira voejando em torvelinhos esparsos. Queria tomar um banho, ouvir a música de um piano e ver mulheres dançando *cancan*. Mas passou a acreditar que nada disso aconteceria. Primeiro, porque aquele vilarejo estava incrustado no fim do mundo; depois, porque todos os vivos pareciam ter abandonado o lugar.

O rastro dos seus inimigos indicava, sem dúvida, que tinham chegado àquele lugar. Aproximou-se de uma das janelas do *saloon*. Quase todos os vidros estavam estilhaçados. Lá dentro pôde ver mesas e cadeiras quebradas, seus pedaços espalhados pelo chão, assim como garrafas estouradas. Não enxergava com nitidez a desorganização dentro do recinto, pois a noite já se aproximava. Teria de entrar para ver melhor.

Empurrou as portas, que ficaram balançando após sua passagem. O cheiro de bebida derramada invadiu suas narinas. Seu olfato também identificou odor de suor e sangue. Mantinha o revólver pronto para disparar em qualquer coisa que, porventura, representasse algum perigo. Moscas zuniam de um lado para outro. As esporas das botas de Kane tilintavam enquanto as solas esmigalhavam fragmentos de vidro.

Enxergou o primeiro corpo estirado ao lado do tampo caído de uma mesa redonda. Era uma mulher, deduziu pelas roupas, o vestido vermelho e preto bordado. O rosto, irreconhecível. Mais adiante, outros corpos de homens e mulheres, com as vísceras esparramadas, os ossos em exposição. Uma verdadeira carnificina. Kane tapou o nariz com o braço esquerdo, enquanto empunhava a arma firme na mão direita.

— Que diabos aconteceu aqui? — perguntou Kane para si mesmo.

Resolveu examinar os corpos. Eis que encontrou um dos bandidos que perseguia, reconheceu pela barba ruiva e a obesidade aparente. Tratava-se de Willi Fat Joe. O procurado havia cometido vários delitos, dentre eles assassinar crianças. Tivera um destino tão cruel quanto seus crimes. As entranhas estavam dispersas pelo assoalho de madeira e os olhos arrancados das covas orbitais. Kane Blackmoon inconscientemente agradeceu ao algoz. Ele próprio não faria melhor. Caminhou entre os mutilados. Talvez encontrasse os comparsas de Willi. E qual não foi a sua surpresa quando topou com os olhos vidrados de Jack Stonehead. Ao menos os olhos dele, diferentemente de Fat, ainda estavam no lugar. Como o próprio apelido dava a entender, Jack – Cabeça de Pedra – arremetia contra os adversários uma cabeçada fatal sempre que perdia dinheiro em um jogo de cartas, que se desentendia com um companheiro de bando ou com alguém que tivesse a péssima ideia de mexer com suas prostitutas. Não havia até o momento, segundo os rumores, alguém que não caísse diante desse duro e inusitado golpe. Kane, mesmo com todo o currículo do ladrão, sabia que Jack era o menos perigoso do bando. Sua morte, no entanto, fora tão horrível quanto a de Fat Joe. O corpo estava distante da cabeça, ainda não se sabia onde. Talvez embaralhado entre outros braços, pernas e troncos que haviam sido separados de seus respectivos proprietários.

Notou que todo o *saloon* tinha sido peneirado de balas. Os chacinados lutaram por suas vidas. Apesar disso, por alguma razão do inefável destino, seus tiros de desespero não surtiram o efeito desejado contra o que os atacara.

— Adeus, recompensa! — lamentou Kane em voz alta.

O mestiço tinha dúvida se apenas a cabeça bastaria como prova de que se tratava de Jack. Além do mais, entregar uma cabeça em bandeja para algum juiz o colocaria no rol dos caçadores mais cruéis. Kane podia matar, mas não era um sanguinário. Para tudo havia um limite. Quanto ao corpo gordo de Willi, não era viável carregar e, pior, corria o risco de que não reconhecessem o rosto sem os olhos.

O cheiro de sangue e carne em decomposição começava a atabalhoar seus sentidos. Alguns ratos já se alimentavam dos mortos. Logo haveria mais do que roedores e moscas por ali. Carniceiros adentrariam aquele cemitério em forma de *saloon*. Logo coiotes e urubus seriam atraídos pela fragrância.

Kane passou a mão em uma garrafa de uísque fechada, que por milagre havia sobrevivido à chacina. Ainda tinha alguma esperança de receber pelo trabalho. Um dos bandidos teria de ser suficiente. Continuaria procurando por Hernandes Calderón, o mexicano, até encontrá-lo. Decidiu averiguar todos os lugares daquele vilarejo para achar o corpo ou, então, uma pista do paradeiro de Calderón, caso tivesse conseguido fugir daquele inferno na terra.

Enfim, guardou o Colt no coldre. Não havia nada vivo naquele lugar. Sentou sobre os degraus da entrada do *saloon* e abriu a garrafa. Antes de continuar, precisava tomar uns goles para aquecer a goela e pensar melhor quais seriam seus próximos passos.

Depois que o álcool surtiu algum efeito, Kane Blackmoon decidiu investigar a redondeza. Abriu as portas das casas e encontrou o mesmo quadro de desespero estampado no rosto das vítimas. Isso quando ainda conservavam suas faces, sem terem sido desfiguradas por potentes garras. O caçador imaginou que poderia se tratar de um animal o causador daquilo tudo. Um urso, talvez. Riu. A luz da lua cheia incidiu sobre o seu rosto jovem, mas de aspecto calejado. Bêbado, começava a crer que aquilo era obra do demônio ou de uma entidade sobrenatural.

Até mesmo os cavalos pereceram diante da fúria daquela coisa assassina que atacara o local. Kane queria se ver livre do ar empestado. Começou a juntar feno e a colocá-lo em frente à porta do *saloon*. Impregnou de óleo e ateou fogo ao material. As chamas lamberam a madeira. Logo se insinuaram pelas paredes, feito serpentes, e alcançaram o telhado. Com a garrafa de uísque quase vazia, ficou observando o fogo se agigantar. As labaredas se proliferaram, atingindo as casas ao lado.

O banco da cidade também foi abarcado pelas línguas de fogo. Kane, antes de começar o processo incendiário, encontrara no prédio o cofre aberto e vazio, as chaves jogadas no chão, ao lado de um corpo. O que teria acontecido antes, perguntava-se: a chacina ou o assalto? O assassino e o assaltante eram a mesma pessoa? *Não seja ridículo, Kane*, dizia para si mesmo, *não foi uma pessoa que derramou todo esse sangue. E também não foi uma fera que roubou um banco*. Estava num impasse, além de estar bêbado. Não sabia bem o que pensar naquele momento. Continuou observando o fogo e a alimentá-lo durante horas.

Sua empreitada durou toda a madrugada. Por fim, montou em seu cavalo, que estava a uma distância segura do incêndio que promovera. Apesar de não saber o que havia ocorrido naquele preâmbulo do inferno, podia apostar sua cabeça com o diabo que Hernandes Calderón havia assaltado o banco. E, de alguma maneira, não sabia como, safara-se do ataque mortal. Porém, antes de partir, deveria encontrar alguma pista que pudesse seguir.

Kane Blackmoon fora provido com olhos de falcão, intuição de gato e uma pitada certa de sorte incomum. Viu na avenida principal o brilho de um objeto caído no chão de terra. Tratava-se de uma moeda, como averiguou logo em seguida, revelada pela incidência dos primeiros raios solares. Após a primeira, Kane achou uma segunda, que estava distante apenas alguns metros. Mais adiante uma terceira, então uma quarta e uma quinta. Até que parou de encontrá-las.

A partir das moedas perdidas em fila, identificou a trilha deixada por três ou quatro cavalos. Todos, provavelmente, carregados, pois suas ferraduras ficaram bem marcadas na terra alaranjada. Carregados, concluiu Kane, com mantimentos e sacos repletos de dólares.

— Calderón, para onde você está indo? — murmurou o mestiço. O caçador de recompensas tinha uma nova trilha para seguir.

2.
Xamã sioux

Kane seguiu a pista das ferraduras dos cavalos. Por vezes, quase perdera o rastro. Sempre que a terra se tornava mais dura e pedregosa, as marcas desapareciam. Ele e o cavalo que montava já demonstravam todo o cansaço de atravessar terras que ferviam abaixo de seus pés, quando encontraram um lugar favorável para descansar.

Calderón devia estar muitas horas à frente. Não adiantaria apertar o passo, o melhor agora seria parar. Encontrara uma grande árvore em uma parte do percurso menos árida. Ali descansaria durante a noite. Ainda tinha um bom suprimento de água, que deveria dividir com sua montaria. Sentou sobre um cobertor que levava em suas jornadas e encostou-se ao tronco largo da árvore, acomodando-se.

O sol, enfim, começava a se despedir. Para Kane, ver o deserto ao pôr do astro-rei significava contemplar uma das mais belas obras que qualquer homem ou mulher jamais pintaria. Então, vislumbrou, diante daquele quadro, o movimento de uma figura. Tratava-se de uma pessoa montando um cavalo. Vinha em sua direção.

Era um índio *sioux*. Mesmo de longe, Kane era capaz de reconhecer as principais etnias indígenas. O homem montava um *mustang* marrom. Ao chegar perto, perguntou para Kane:

— Posso lhe fazer companhia?

— Prefiro ficar sozinho — respondeu Kane, ríspido.

— Talvez eu tenha a resposta para o massacre que você viu. Não tem curiosidade de saber o que houve naquele vilarejo?

Kane ficou quieto por um instante. Tudo que pudesse ajudá-lo na captura de Calderón era importante.

— O que você sabe, *sioux*?

— Tenho um nome. — O homem, em torno dos cinquenta anos, apeou do cavalo e amarrou as rédeas em uma árvore menor que ficava ao lado da árvore de Kane. — Chamam-me de Sunset Bison.

— Sou Kane. Kane Blackmoon.

O *sioux* sentou-se ao pé da árvore e disse:

— Já conheci mais de um Lua Negra. É uma família de nome interessante.

— O que tem de interessante no nome da minha família, índio? — Kane começou a não gostar daquela conversa.

— Se quiser me chamar de índio, espero que não fique chateado de chamá-lo de mestiço.

— Se veio aqui para me ofender, velho, vá embora!

— Não tenho essa intenção. A cor de sua pele e os traços indígenas são evidentes. Sua alma transita entre a essência dos caras-pálidas e dos nativos da nossa terra.

— Nem todos têm a mesma certeza que você. A maioria das pessoas me vê como um homem branco.

— Talvez seja pelo fato de se vestir como um. Estou seguro de que, lá em seu íntimo, você percebe que as pessoas olham de maneira estranha para você. É inevitável, pois todos aqueles que são diferentes sofrem a ação daqueles que se consideram normais. Conte-me sobre sua família, talvez eu conheça algum dos seus parentes.

— Meu pai era índio. Um *hopi*. Nunca me empenhei em desvendar quem ele foi. — Kane mentiu sobre o seu interesse na história do próprio pai. — Minha mãe era branca. Uma mulher muito bonita. Infelizmente, morreu de tuberculose quando eu ainda era criança. Então, meus avós maternos cuidaram de mim por um tempo. Falar de meu pai com eles era assunto proibido. E sobre minha mãe, quase nada contavam. Por isso, *sioux*, não há o que eu possa lhe dizer mais sobre qualquer um dos dois. Quer um gole? — Kane estendeu para o índio um resto do uísque que havia sobrado da noite anterior. Tentou descontrair aquela conversa que enveredava para um assunto que considerava desagradável.

— Tenho a minha própria bebida, Kane. Obrigado.

Sunset Bison pegou uma garrafa de uma sacola de couro. Retirou a rolha. Depois, bebeu o líquido alcoólico, forte e artesanal. O próprio *sioux* havia produzido a bebida.

— E, então... O que sabe sobre o massacre? Posso adivinhar que você está me seguindo desde aquele cemitério em forma de cidade.

— Você se engana, Kane. Não estou seguindo você. Estou seguindo o bando de ladrões.

— Pouco importa se você está atrás do bando de Hernandes Calderón há mais tempo do que eu. Trabalho sozinho e não vou dividir a recompensa. — O tom de Kane se mostrava como uma ameaça. — Agora sobrou somente o mexicano para capturar, pois os outros estão mortos.

— Não estou aqui por causa da recompensa, Kane. Dinheiro é uma invenção medíocre dos homens brancos.

— Não me faça rir. Olhe para você e para seu povo. Perderam todos os territórios para a expansão dos americanos. Restaram somente migalhas, apenas reservas isoladas e alguns pontos de resistência. O dinheiro venceu, a democracia americana arrasou tudo o que vocês representavam.

— Suas palavras são duras, Kane. Infelizmente, para mim e para o que resta do meu sangue, você está certo. Mas não de maneira completa, o que representávamos vai sobreviver. Wakan Tanka, O Grande Espírito, nunca morrerá. Isso será apenas uma transição. Os pálidos, cristãos democratas e republicanos, como você diz, um dia irão desaparecer do solo sagrado. Assim rezo. E você verá que outros também farão preces por isso.

— Desculpe se fui duro. A conversa está rumando para um ponto sem volta. Nem o conheço. Sinceramente, não existem motivos para discussão. É melhor que deixemos a política de lado. Estou curioso para saber o que aconteceu com todas aquelas pessoas. O que foi que as matou? O que foi que dilacerou seus corpos?

— Vou contar para você. Mas para isso precisamos selar nossa amizade. É possível que você esteja com vontade de perguntar "quem disse que quero ser amigo desse *sioux*?". Em tempos passados, conheci uma família *hopi* em que todos se chamavam Lua Negra. Aceite fumar comigo o cachimbo sagrado, um verdadeiro presente da Filha do Sol, a bela e maravilhosa Whope. Acompanhe-me, por favor. Precisamos relaxar.

O *sioux* pegou de sua sacola um cachimbo decorado com diversos desenhos que lembravam sóis e com a cabeça de um bisão entalhada na ponta. Depositou o fumo, de forte odor, e o acendeu.

— A primeira tragada é sua, Kane Blackmoon. Aceite-a de bom grado! E prepare-se para encontrar as manifestações de Wakan Tanka.

Estendeu o objeto para o mestiço.

3.
Cachimbo sagrado

Kane Blackmoon tragou o fumo do cachimbo. Depois, passou para as mãos do *sioux*. Continuaram fumando durante minutos até que Kane escutou um barulho atrás de si. Podia jurar que se tratava de um farfalhar de grandes asas. Virou a cabeça com rapidez para ver o que era. Avistou apenas o deserto e o cenário rochoso adiante.

Não fez comentário algum sobre aquilo. O *sioux* o observava com o olhar sério e compenetrado. Deu outra tragada. Kane podia sentir a própria cabeça ficando leve, leve como uma pluma. A todo instante, tinha a impressão de que perderia a consciência.

— O que está acontecendo? — Enfim, resolveu perguntar.

O índio não respondeu. O semblante do *sioux* era sério, quase animalesco. Parecia que chifres retorcidos haviam surgido diabolicamente em sua cabeça. Mas se tratava apenas de um chapéu que ele colocara.

Kane perguntou mais uma vez e não houve resposta. O caçador de recompensas estava confuso. Sua visão ficou embaçada. Esfregou os olhos com as costas das mãos. Talvez tivesse fumado demais aquela erva que o índio lhe oferecera. Piscou as pálpebras na tentativa de ver melhor. O *sioux* havia desaparecido. *Onde o homem havia se escondido?*, gostaria de saber Kane. Apenas a vontade de desvendar o paradeiro do índio fora suficiente para movê-lo do estado letárgico em que se encontrava. Blackmoon voou. Que loucura era aquela que se passava com ele? Kane voava sobre o deserto à procura de Sunset Bison.

A visão do caçador de recompensas nunca fora tão boa durante a noite. No entanto, naquele momento, era como se pudesse ver com cem lamparinas de fogo amarelo diante de si. Do alto, avistava o terreno pedregoso do deserto. Lá embaixo, pôde ver o movimento de um coelho entre a vegetação rasteira, enxergou uma serpente engolindo um rato e, bem distante, um bisão correndo. O *sioux* não havia mentido, aquele cachimbo só podia ser um presente de um deus ou de uma deusa. Um artefato capaz de realizar coisas fantásticas.

O vento envolvia Blackmoon como se fosse um transporte, levando-o mais adiante. Começava a se aproximar do bisão solitário que corria sem descanso por aquelas terras ermas. Os cornos do animal eram dourados e seu pelo também, nunca avistara um bisonte daquela magnitude. Era imenso, bem maior do que o normal.

Kane Blackmoon percebera que o animal perseguia um bando de cavalos. Um homem guiava os quadrúpedes, puxando-os por rédeas. Somente pela força do pensamento, Kane conseguiu chegar mais perto. Viu a face barbuda e de feitio quadrado de Hernandes Calderón. O bandido estava logo ali.

O bisão quase abordava o grupo, que parecia inconsciente de sua presença. Foi então que uma sombra se avolumou surgindo das costas de Calderón. Uma sombra repleta de tentáculos, dezenas de olhos vermelhos e dentes afiados. A coisa emitia uma energia pulsante, com uma vibração capaz de causar medo. Seus inúmeros olhos avistaram o bisão e também visualizaram Kane em pleno voo. O mestiço percebeu que a criatura estava protegendo Hernandes Calderón, que parecia alheio a tudo aquilo. Aquela visão dos infernos ficou ainda pior quando tentáculos investiram contra Kane. Teve a impressão de que seria agarrado em pleno voo e depois mastigado pelos dentes afiados que brotavam de inúmeras bocas nojentas inundadas de saliva esverdeada. O susto fez com que o caçador de recompensas ficasse mortificado. Logo em seguida, perdeu a consciência.

4.
Corvo

Kane acordou. Ao lado dele, havia uma fogueira acesa pelo *sioux* com o objetivo de protegê-los do frio. O índio, em posição de lótus, abriu as pálpebras assim que o caçador de recompensas se sentou.

— Você apagou, Blackmoon. Lembra-se de alguma visão?

— Que dor de cabeça — Kane acariciou a nuca. — Parece que levei uma pancada.

— Isso é comum para quem não está acostumado. Diga-me, o que você lembra?

— Você chama tudo o que presenciei de visão, *sioux*? Para mim foi muito real. Voei pelo ar frio do deserto, durante a noite, como se fosse um pássaro. Enxerguei, mesmo na escuridão, os menores animais correndo e rastejando pela terra. E vi um búfalo inacreditável. E... um maldito demônio feito de sombra, tentáculos e dentes. A coisa tentou me abocanhar. Tenho de admitir que fiquei com medo. Nesse ponto, perdi a consciência.

— É bom que você se lembre desses fatos. Realmente não foram simples visões. Você viveu cada instante pelo qual passou. Seu espírito protetor se revelou pelas propriedades mágicas do cachimbo. Dê graças a Whope.

— A que espírito protetor você se refere, Sunset?

— Assim é bem melhor. Vejo que está se acostumando a me chamar pelo nome. Pensei que tivesse percebido. Você voou, rapaz. Um pássaro o protege. Não se lembra de ter visto as asas ou o próprio bico diante dos olhos?

Depois dessa pergunta, era como se Kane pudesse recompor suas lembranças. Asas negras o acompanhavam durante a visão e, diante de seus olhos, um largo e longo bico, também negro.

— Um corvo? — perguntou Kane sem muita convicção.

O índio sorriu e disse satisfeito:

— Você é inteligente, Kane, tal como seu protetor. Acredite nisso e cada vez mais o totem que rege sua vida vai estar a seu lado. O espírito do corvo o guiará em muitos momentos. Agora que ele foi revelado, estará presente sempre que precisar.

— É estranho... Sinto como se eu já o conhecesse há muito tempo.

— Eles estão conosco desde que nascemos. Mas nem todo aquele que carrega o sangue índio é capaz de vê-los ou de entender a sua presença sobrenatural. Você precisa aprender como entrar em contato com o seu totem. Basta que saiba chamá-lo.

— E como faço isso?

— Deve aprender a se concentrar, Kane. O primeiro passo é conhecer a fundo o seu espírito protetor. Por enquanto, sua aprendizagem inicial deve se dar com o uso do artefato doado por Whope. Use algumas vezes o cachimbo sagrado para encontrar o corvo.

— Não sei se acredito em tudo o que está me dizendo, parece loucura.

— Pare de pensar como os homens brancos. Seu sangue índio deve falar mais alto agora. Depois de ter visto o corvo se revelar em você, tive certeza de que a família Lua Negra se manifesta com força em seu espírito. Os *hopi* que conheci tinham no corvo o principal espírito de adoração. A inteligência do pássaro lhes revelou muitos rituais capazes de eliminar os espíritos raivosos que vagam em nossas terras. Não é por acaso que se chamavam de Lua Negra, todos eles, dos bisavôs aos que restam. Se é que existe algum deles ainda vivo além de você!

Kane ficou quieto. *Seria verdade o que dizia Sunset?*, perguntou-se. O *sioux* continuou:

— Isso mesmo, não faça essa cara de bobo. Os brancos conquistadores exterminam tudo o que tocam. Os Lua Negra chamavam-se assim por manifestar um alto grau de conhecimento sobre os espíritos que vagam pela noite buscando devorar os homens e, creia em mim, para esses espíritos vorazes, tanto faz a cor da pele de um indivíduo. Os Lua Negra foram caçadores, caçadores de espíritos destrutivos. Eles caçavam aberrações que vagavam entre nós e que, às vezes, ainda se manifestam.

— Vá com calma, Sunset! Você quer dizer que eu, além de ter um espírito protetor, sou descendente de caçadores de criaturas bizarras e do inferno?

— Inferno é um conceito do homem branco, Kane. As manifestações espirituais podem ser de diversos tipos. Boas, más ou simplesmente neutras. E não vivem em um inferno ou em um paraíso como os cristãos querem. Elas se manifestam no Espírito do Universo, do qual Wakan Tanka é o maior de todos. Seu trabalho, Kane Blackmoon, assim como o dos seus antepassados, é caçar anomalias, é manter o equilíbrio.

— Como assim "trabalho"? Meu trabalho é ganhar dinheiro caçando foras da lei.

— A partir de hoje, não será o único. Após a manifestação do corvo, você não se livrará dele tão fácil. Ele é o seu estigma daqui para frente. Temos uma tarefa. Vamos aprisionar o espírito canibal.

— Quer dizer que agora nos tornamos uma dupla?

— Talvez, depois que fumamos do mesmo cachimbo.

— Fumar do mesmo cachimbo não nos torna uma dupla de caçadores. E não fique chateado, não podemos nos tornar "amigos inseparáveis" em apenas algumas horas.

— Fui aliado dos Lua Negra. Se isso não é suficiente para nos tornarmos amigos, acredite que o cachimbo sagrado de Whope é.

— Vamos supor que aquela visão seja real mesmo. E que aquela sombra surgida do inferno seja uma entidade do mal capaz de nos atacar. Como poderíamos detê-la?

— Pare de falar em inferno. Não me canse com essa palavra. Assim que expulsarmos a sombra do corpo daquele homem, nós a aprisionaremos aqui. — O *sioux* mostrou um pote de cerâmica pintado com figuras de animais.

— O que é isso?

— Uma prisão. Graças ao meu avô, Anpaytoo, o Radiante, o demônio foi enclausurado no passado. Os bandidos, enquanto se aventuravam pelo deserto passando próximo da reserva dos *sioux*, refugiaram-se em minha caverna, local em que guardo coisas perigosas. Ao revistarem alguns dos meus objetos, por descuido, deixaram cair o pote. Tiveram o azar de lascar a borda da tampa, foi por ali que o espírito saiu e se instalou no corpo de um deles. Todas as noites de lua cheia, a sombra deixa o hospedeiro e devora as criaturas vivas que encontra pela frente até que tenha saciado sua fome. Ontem foi a primeira noite, depois de décadas, que o espírito teve a oportunidade de se alimentar. Imagine ficar preso durante todos esses anos. Ele estava faminto mesmo... Pudemos perceber a orgia promovida por ele naquele vilarejo.

— Não podia mesmo ser coisa de qualquer animal conhecido... Acredito em você. Parece de fato que algo sobrenatural está ocorrendo. Como faremos para dar cabo do espírito maligno?

— O espírito amplia alguns dos sentidos de Calderón. Ele pode ver melhor, teve sua velocidade e a força aprimoradas. A coisa deixa o corpo do bandido apenas à noite, durante as luas cheias, como eu disse a você. Mas isso acontece somente quando se sente seguro. Ele é esperto e conhece aqueles que possuem espíritos protetores. Tem medo de nós, índios, pois sabe que podemos aprisioná-lo. Por sorte, Hernandes Calderón está isolado no deserto. Ao menos por essa noite, o espírito canibal não vai devorar pessoas.

O *sioux* começou a derreter prata no fogo.

— O que está fazendo? — perguntou Kane.

— Vou fazer uma bala de prata para você. Isso será suficiente para libertar o espírito canibal. Basta acertar no coração ou na cabeça de Calderón.

— Por que você mesmo não utiliza a bala em seu revólver?

— Não devo utilizar revólveres. Corro o risco de errar, minha visão já está fraca, não é mais a mesma da época em que era jovem. Minha mão treme. Você sentirá isso quando começar a envelhecer e será bem pior se continuar bebendo como eu bebo.

— Prefiro que Calderón não seja morto. Se entregá-lo vivo às autoridades, recebo uma recompensa maior.

— Será demorado e perigoso expulsar a criatura se não acabarmos com o hospedeiro. Pode ser feito, porém não tenho os materiais certos comigo. Por isso, essa é a única maneira segura. Não esqueça, ele é um bandido perigoso, procurado por diversos crimes hediondos. Seja inteligente, como o corvo que o protege. Você está ainda preocupado com dinheiro? Pense, isso não será problema. Basta lembrar que Calderón roubou um banco. Para que você precisa de recompensa?

Kane ficou quieto, o *sioux* tinha razão.

Começava a amanhecer quando Sunset Bison entregou a bala de prata para Kane. O caçador de recompensas colocou o projétil em seu Colt sabendo que não podia errar. Conforme lhe disse mais tarde o xamã *sioux*, a prata era um dos elementos fatais contra espíritos malignos e criaturas sobrenaturais.

O *sioux* levantou, parecia cansado, não havia dormido nem um pouco durante aquela noite. Os dois recolheram seus objetos e os guardaram nas mochilas sobre as garupas dos cavalos. Finalmente, voltaram a perseguir o mexicano.

5.
Hospedeiro

Guiados pelos rastros pouco visíveis das montarias de Hernandes Calderón, que se confundiam com outras marcas de ferraduras, Kane e Sunset se aproximavam de uma cidade. Era início da noite. E a lua cheia começava a se apresentar em todo o seu esplendor. Os dois sabiam que, talvez, naquele momento, o espírito de sombra e tentáculos já poderia estar atacando ou mesmo ter devorado os moradores daquela localidade. No entanto, o *sioux* contava com a cautela do inimigo: inteligente e perspicaz, o espírito não atacaria sem antes examinar sua zona de ação.

A dúvida que o mestiço e o *sioux* guardavam se dissipou tão logo chegaram à entrada da cidade isolada no meio do deserto. Pessoas circulavam pelas ruas, ainda havia vida naquele fim de mundo.

— Vamos procurar por um *saloon*. Não existe lugar melhor para encontrar Calderón, se ele estiver por aqui — disse Kane arrumando a aba do chapéu.

Sunset Bison assentiu com um meneio afirmativo da cabeça. Logo descobriram o *Espora de Ouro*. Desmontaram de seus cavalos na frente do estabelecimento.

— Agora é com você, Kane. Se ele estiver lá dentro, traga-o para fora — disse Sunset.

Aos índios não era permitido entrar em qualquer *saloon*. Eram considerados o degrau mais baixo da escala social no velho oeste.

Kane, antes de entrar, disse:

— Sabe, Sunset, fico me perguntando por que você não deixa o espírito de tentáculos solto por aí? Seria uma vingança contundente contra aqueles que assassinaram seu povo.

Sunset Bison segurou-o pelo ombro e respondeu com seriedade:

— É minha responsabilidade mantê-lo preso. Se meu avô o aprisionou, respeito essa atitude e a preservo. É uma questão de honra para mim. E, além do mais, ainda que eu ache a maioria dos homens brancos estúpidos, não preciso também agir como se fosse um idiota. Sei que parte deles tem boa índole, mesmo que seja uma minoria. E se você quer saber, Kane, meu melhor amigo nos tempos difíceis era branco. Aprenda isto: não é a cor da pele que importa, mas a atitude de cada pessoa, isso sim é o que vale. O homem é construído pelos seus atos.

O *sioux* soltou o ombro de Kane, permitindo que ele avançasse em direção ao *saloon*. Ao entrar, era evidente a fumaça densa de charutos e cigarrilhas. As paredes de madeira pareciam impregnadas com aquela essência e também com o cheiro de álcool. O caçador de recompensas foi até o balcão. Quase todas as mesas estavam ocupadas. O som do piano era abafado pelas risadas e pela conversa barulhenta. Kane pediu um trago, enquanto perscrutava todos os cantos. Avistou mexicanos, americanos e até mesmo um negro que devia estar acompanhado de alguma pessoa considerada importante. Do contrário, não teria acesso ao recinto. No velho oeste, as pessoas não tinham os mesmos direitos. Todos, ou quase todos, riam embalados pelo álcool, uns e outros entorpecidos pelo mezcal. Jogavam cartas, dados e conversavam com prostitutas que, na maior parte do tempo, deixavam as coxas à mostra e, mais raramente, os mamilos rosados escaparem do corpete.

Em um canto, despreocupado, Kane avistou Hernandes Calderón. O mexicano participava de uma mesa de carteado. Pelo que tinha ouvido falar, as confusões armadas pelo fora da lei sempre iniciavam quando perdia altas quantias no *Black Jack*.

Kane, enfim, encontrara-o. De dentro do bolso do casaco, pegou o cartaz de procurado e conferiu de novo o retrato ilustrado do bandido. Não tinha dúvida, era Hernandes Calderón. Deixou uma moeda sobre o balcão para pagar a bebida que havia pedido. Acabou com o conteúdo em um gole. De maneira sutil, sem chamar atenção, Kane se aproximou da mesa, por trás do mexicano. Em seguida, sacou seu Colt e colocou o cano na cabeça do bandido.

— Não se mexa, Hernandes, você está na minha mira. Considere-se preso!

Os homens pararam de jogar. O pianista, ao entender o que estava acontecendo, suspendeu a música e todos os olhares se desviaram para Kane.

O caçador de recompensas mostrou uma insígnia de xerife falsa, guardando-a no bolso da calça tão rápido quanto a revelara. Depois, sacou um par de algemas com o qual, sem resistência de Calderón, prendeu-o.

— Venha, Hernandes. É hora de pagar pelos seus crimes.

Antes que Kane pudesse levá-lo, o crupiê reclamou:

— O bastardo ainda não pagou a aposta dessa rodada! — Seu tom era de indignação.

— Vou incluir na lista de crimes que ele cometeu, não se preocupe! — disse Kane, sem olhar para trás.

O crupiê falou um palavrão e sentou-se à mesa se justificando com os outros jogadores. O pianista voltou a tocar. Kane arrastou, sem dificuldades ou protesto, o mexicano para fora do *saloon* e o levou para uma rua lateral afastada de olhares curiosos. Por um momento, esquecera de Sunset Bison, estava interessado em obter informações sobre o dinheiro que Calderón havia roubado. O caçador de recompensas supunha que o bandido deveria ter escondido a quantia roubada em um hotel, até que fosse embora da cidade. Não perdeu tempo em interrogá-lo:

— Quero saber onde está o dinheiro — disse Kane, com rispidez, olhando bem nos olhos do ladrão.

Calderón abriu um sorriso irônico. Em seguida, levantou os braços mostrando que havia arrebentado a corrente das algemas. Kane não podia acreditar no que via, a força do mexicano se tornara sobre-humana. As órbitas oculares do fora da lei estavam negras como um poço profundo.

— O corvo! — disse uma voz rouca. Em seguida, o bandido deu um soco no peito de Kane, que o levantou do chão derrubando-o a três metros de onde estava. — E o Bisão, ficou escondido no deserto? — perguntou com uma fala de arrepiar qualquer pessoa.

— Estou aqui — respondeu Sunset.

O *sioux* se afastara das sombras onde permanecera oculto. Carregava na mão esquerda um chocalho colorido e decorado com penas de águia. Na mão direita, um saco de couro escuro. Começou a entoar um cântico e a movimentar o instrumento de percussão. E se aproximou do mexicano, ficando a menos de um metro dele.

— Bisão infame! Por que pensa que tem o direito de me expulsar desse corpo? Por que não cuida de suas coisas? Se me deixar aqui, prometo, pode acreditar, preservarei aqueles que têm seu sangue. Porém, se tentar me expulsar e não conseguir, vou devorar todos! Todos! Tenho palavra!

Sunset Bison continuava cantarolando a melodia de tom fúnebre, tentando não prestar atenção nas palavras do demônio. O cântico do índio era poderoso. Por um segundo, o *sioux* parou de tocar o chocalho, abriu o pequeno saco de couro e jogou sal sobre o rosto do possuído. A pele da face de Calderón queimou, se soltando e expelindo uma fumaça branca. Contudo, foi só. Em seguida, os ferimentos estavam curados e uma gargalhada sinistra ecoou da garganta do homem.

— E pensar que por algum momento fiquei com medo de você, Bisão. Wakan Tanka não deve acompanhá-lo. Palavras mágicas, um chocalho e sal não são suficientes... Falta ingrediente nessa mistura, há, há, há, há, há! Isso apenas me causa cócegas!

Calderón, sem entender exatamente o que seu corpo fazia ou dizia em certos momentos, percebeu a própria mão pegar no revólver de seu cinturão. Rápido, como poucos, disparou uma bala que atingiu as costelas do *sioux*. Sunset Bison curvou-se perante a dor, deixando cair o chocalho e o saco de couro.

Enquanto o espírito se preocupava com Sunset, Kane se arrastara até o Colt que estava caído no chão. Sem alertar o inimigo, apenas apertou o gatilho e, com precisão, acertou o alvo. A bala de prata estourou a testa do mexicano. Pelo ferimento mortal que o projétil causou, uma nuvem negra abandonou o hospedeiro.

Kane Blackmoon, ao ver Sunset baleado, culpou-se por não ser rápido o bastante e nem ter feito o que o *sioux* pedira desde o início. Já estava começando a simpatizar com o índio e até mesmo a criar um certo sentimento de amizade. Se Sunset morresse, seria em função de sua ganância. O mal do homem branco corria em suas veias, o desejo pela fortuna roubada o impedira de acabar com Calderón.

Em uma cidade como aquela, isolada no deserto, um ou dois tiros não eram suficientes para fazer com que as pessoas saíssem às ruas, deixando a falsa segurança de seus lares ou, então, os prazeres de um *saloon*. Tiros para o alto durante a noite eram comuns, qualquer bêbado gostava de imaginar que poderia acertar a lua ou as estrelas com suas balas. Somente um tiroteio faria com que o xerife saísse da comodidade de sua cadeira estofada.

Calderón morreu. Sobre o seu corpo estendido e sem vida, um espírito de sombras repleto de tentáculos, olhos e dentes se avolumou. Os olhos vermelhos, sedentos de sangue e inflamados pelo ódio, dirigiram-se com exclusividade para o caçador de recompensas. Kane tornou-se o alvo da coisa.

No entanto, o mestiço ainda poderia contar com Sunset, O Grande Espírito não havia abandonado o *sioux*. A força ancestral de Wakan Tanka se manifestou em uma intensa luminosidade amarela, na forma de raios do sol que cobriram o índio, concedendo-lhe energia para continuar vivo. De um bolso interno do seu casaco, o *sioux* pegou, entre suas mãos pintadas de sangue, o pote de cerâmica repleto de inscrições, obra de Anpaytoo, o seu avô.

— Retorne agora para a sua prisão, maldito! — vociferou Sunset.

O *sioux* levantou a tampa e o espírito maligno de tentáculos e sombras negras foi engolido pelo artefato.

6.
Cova rasa

Sunset Bison fechou a prisão mágica, cuja tampa avariada havia sido colada. Sua missão estava cumprida. A manifestação de Wakan Tanka desaparecera após o combate.

— Kane, busque nossos cavalos. Preciso estancar o sangue... — disse o *sioux*.

O caçador de recompensas não discutiu o pedido de Sunset. Foi buscar as montarias e, ao voltar, encontrou o *sioux* debruçado sobre o corpo de Calderón.

— Veja o que achei. — Sunset tossiu um pouco de sangue.

O *sioux* estendeu um maço de dólares enrolados para Kane e também uma folha. Tratava-se de um mapa com um ponto no deserto. O mexicano havia enterrado o dinheiro roubado. Kane começava a compreender que o espírito canibal permitiu, na maior parte do tempo, que Calderón estivesse lúcido e agisse como uma pessoa comum. Assim era mais fácil se infiltrar na sociedade humana e compartilhar seus prazeres.

— Ajude-me a levantar, Kane.

Blackmoon fez o solicitado pelo *sioux*. Sunset caminhou amparado e com dificuldade até o cavalo. Em seus pertences, pegou gaze e um unguento preparado com ervas curativas para limpar e fechar o ferimento. Kane o ajudou nesse processo, entretanto, o sangue não queria parar de escorrer. O rosto do *sioux* estava pálido.

— Vamos embora daqui — ordenou o xamã.

— Você precisa de um médico — arriscou Kane.

— Não me faça rir. O que um médico poderá fazer que eu não posso? Além do mais, qualquer médico branco vai preferir me matar aos poucos do que me curar. — Sunset tossiu outro tanto de sangue. — Chega de discussão, logo não terei forças... Vamos embora! Tenho tudo o que preciso para extrair a bala e me curar. Ajude-me a subir no cavalo, vamos...

Depois dessa breve querela, os dois deixaram a cidade. Kane não fez menção de carregar o corpo de Calderón para receber a recompensa que almejava. Abandonou o mexicano estirado lá mesmo, no escuro e na rua. Ainda era noite quando pararam próximo à beira de um córrego protegido por árvores. Kane ajudou o *sioux* a desmontar e o deitou sobre a relva. Naquele instante, teve certeza de que o xamã não teria condições de curar a si mesmo. Sunset não reclamou nenhuma vez da dor e da morte que logo o levaria.

— Todo sol, após o poente, torna a alvorecer. Fui feliz! Obrigado por me proporcionar essa última aventura, Kane — foram as palavras derradeiras de Sunset Bison. Ele viveu apenas mais alguns minutos.

Kane abriu uma cova rasa. Nela depositou o corpo de Sunset e seus pertences, menos o cachimbo sagrado de Whope, que levaria como lembrança do *sioux*. Cobriu-o, então, com terra e pedras. Em silêncio, fez uma reverência ao xamã. Era hora de partir. Manteve consigo o mapa de Calderón e o pote que aprisionava o espírito de sombras e tentáculos. Ser o guardião daquele artefato mágico era o mínimo que poderia fazer, após ter deixado Sunset perecer por causa de sua ganância.

Antes de seguir viagem, Kane Blackmoon avistou um corvo sobre as pedras que serviam de túmulo para o amigo. A ave o acompanharia, de agora em diante, por todos os cantos do velho e estranho oeste.

ARMADILHA

1.
A lembrança do morto

Kane Blackmoon precisava descansar. Não dormira durante toda a noite anterior ou início da manhã. No entanto, não se daria esse luxo, acreditava que estava perto da indicação de onde fora escondido o dinheiro roubado por Hernandes Calderón. No mapa, o *x* apontava para um local próximo à cidade em que Sunset Bison fora baleado e a um agrupamento de árvores à beira do curso de um rio. Também havia uma casa na vizinhança do ponto. O desenho era tosco, mas de fácil compreensão.

Não mais do que duas horas após ter enterrado em uma cova rasa o amigo *sioux*, Kane encontrou o local indicado. Antes mesmo de apear do seu cavalo, enxergou um cão e um homem caídos no chão ao lado de uma rocha que era quase do tamanho de uma carroça.

Logo percebeu que estavam mortos. O mestiço se aproximou a pé, carregando pelas rédeas o seu cavalo e o cavalo de Sunset, que decidira trazer consigo. O cão de grande porte tinha o pescoço cortado. Em sua boca havia sangue. O focinho estava mergulhado em uma estranha poça negra. O queixo do homem descolado do rosto deixava em exposição mandíbula e dentes. Seus olhos pareciam petrificados por alguma sensação de pavor absoluto. No coldre ainda repousava o revólver. Não tivera nem mesmo chance de se defender do ataque. Em seu peito descansava uma faca enfiada até a metade. Um pouco mais adiante, Kane avistou várias armadilhas dentadas, todas desarmadas, para capturar ursos.

Entre o cão e o homem, o caçador de recompensas viu um buraco, contendo três bolsas. Uma delas estava aberta, revelando os dólares roubados pelo mexicano. O mestiço se perguntava o que teria dado cabo do animal e do seu dono. Blackmoon ficou agachado ao lado do cadáver e tocou em seu pescoço. O corpo ainda não apresentava os músculos rígidos. Pelo visto o crime ocorrera havia menos de três horas. Provavelmente, naquela mesma manhã ensolarada.

Blackmoon, com uma curiosidade mórbida, passou o dedo na lâmina da faca. O fio eficiente o cortou. O mestiço não contava com isso. Estava tão afiada que acabou tirando uma gota de sangue do seu dedo. Kane praguejou pela própria imprudência. Ao sacudir o dedo, depois de sentir dor, deixou sem querer que uma gota caísse sobre um dos olhos abertos do morto.

Kane teve a impressão de ver as pálpebras do defunto piscarem. Em uma fração de segundo, o morto se sentou. Antes que o mestiço pudesse se afastar, apavorado pela ressurreição súbita, foi agarrado pelo braço. O toque sobrenatural gelou a alma do caçador de recompensas, deixando-o meio desorientado. Com o queixo desfigurado e a língua pendendo, o morto-vivo balbuciou como pôde:

— Veja o que aconteceu!

O farfalhar das asas do corvo surgiu nos ouvidos de Kane de maneira inconfundível. Naquele momento, via pelos olhos do seu espírito protetor.

O homem se despedia de uma mulher dando um beijo em seu rosto. Era uma mulher rechonchuda, com um sorriso amigável. Carregava um bebê em um dos braços. Outras duas crianças corriam pela varanda brincando com o cão. O sujeito chamou o companheiro de caçada, que se divertia com o menino e a menina. O animal o atendeu faceiro. O menino pareceu triste por não poder acompanhar os dois. Deu a mão para sua mãe e, com a outra, acenou dando tchau. A menina desejou um bom dia para o pai.

Cão e homem se afastaram da propriedade marcada pela presença de algumas árvores frutíferas. O homem carregava diversas armadilhas dentadas. Andou ao longo do curso do rio. Kane podia ver uma das margens. No entanto, o cão correu em outra banda, chegando à rocha ao lado da qual o mestiço encontrara os cadáveres de ambos. O animal farejava em um ponto da terra que parecia revolvida. O homem o chamava, ordenando para que caminhasse junto a ele. Sem sucesso, seguiu o companheiro de quatro patas, que começou a cavar como se pudesse encontrar um belo osso para se banquetear. No entanto, o tesouro era outro.

O homem viu as três bolsas enterradas por Hernandes Calderón e se ajoelhou perto delas. Abriu uma e contemplou os dólares. Quando fez isso, uma fumaça enegrecida com cheiro de enxofre provinda do buraco se materializou. Assustado, o sujeito se afastou, ficando em pé. O cão latiu e rosnou para aquela fumaça inesperada. Na rocha, anexa ao buraco, Kane pôde ver o desenho de um símbolo que brilhou com intensidade avermelhada. Era uma forma intrincada com letras desconhecidas dentro de círculos e triângulos complexos.

Três pequenas criaturas apareceram do nada, como se tivessem sido transportadas de algum outro plano da existência. Foram materializadas diante daquele símbolo arcano que já não brilhava. Cada uma delas tinha no máximo trinta centímetros de altura. Seus braços e pernas eram compridos e magros. O tronco atarracado, com uma pança saliente. Estavam nuas e não apresentavam sexo. Os olhos eram enormes em relação à cabeçorra um tanto desproporcional ao tamanho do corpinho. O nariz achatado e a boca larga com um sorriso irônico, de dentes acavalados e afiados, não tornavam melhor suas aparências.

— Quem é você? — perguntou com voz arranhada uma das criaturas dantescas, encarando o homem.

Enquanto uma tentava entabular um diálogo, a outra caminhou sorrateiramente para trás do sujeito. O cão latia com fúria para um dos seres, que mostrava suas pequeninas garras afiadas. A partir daquele momento, os acontecimentos aceleraram.

O homem tentou pegar o revólver, mas como estava praticamente paralisado diante do evento que presenciava, não conseguiu se salvar. A criatura que estava atrás dele pulou em suas costas e pegou a faca que ele carregava na cintura. Com a faca de caçador, cortou a boca do homem com violência, força e destreza. As outras duas atacaram o cão com suas garras. Uma delas foi parar entre os dentes do cachorro, sendo esmagada e dilacerada pela bocarra. Todavia, a outra, disposta a permanecer viva, rasgou a garganta do animal, que não resistiu ao ataque preciso.

O homem agonizante caíra no chão. Tremia enquanto o sangue escorria sem parar do seu grave ferimento. As criaturas retiraram a que estava destroçada de dentro da boca do cão. A coisa do mal, moribunda, deu um último suspiro de vida e começou a esvanecer como fumaça, deixando apenas uma pequena poça negra junto ao focinho do animal.

Irritada, a criatura com a faca se aproximou mais uma vez do homem e o estocou no peito, decretando a sua iminente morte. Os olhos do homem ainda registraram as pequeninas criaturas, provavelmente provindas do inferno, indo na direção em que ficava sua casa. A última sensação que teve foi de desespero e horror.

Naquele instante, a visão do corvo terminou. Kane voltava ao presente ainda desorientado pela brusca experiência. O cadáver estava caído como o encontrara. Porém, a mão do morto segurava bem apertado o punho do mestiço. Para se livrar daquela mão de ferro, Kane teve de soltar dedo por dedo. O seu punho estava roxo, tamanha pressão.

O mestiço se aproximou da rocha. Não visualizou nenhuma inscrição. Era como se a tivessem apagado por completo. O caçador de recompensas se perguntava se o símbolo que tinha visto era uma espécie de chave ou porta para outra dimensão. Talvez fosse. Após conhecer Sunset Bison, sabia que o sobrenatural não era uma possibilidade, como achava desde a infância, mas sim algo bem real e tangível no mundo em que vivia.

Uma coisa era fato: o símbolo fora acionado como uma armadilha quando o homem e o cão encontraram o dinheiro. O espírito de sombras, sem dúvida, devia ter armado a arapuca para evitar que pegassem o montante. Kane podia imaginar a satisfação do demônio ao saber que o seu brinquedo acabara de ser acionado. Mas isso não aconteceria. Ele estava preso no pote de cerâmica. Um homem e seu animal de estimação perderam suas vidas. Para piorar a situação, dois seres do mal estavam à solta. Ao menos um deles morrera. Seriam esses pequenos demônios de carne e osso? Eram como criaturas naturais capazes de sofrer com balas normais ou necessitavam de dispositivos especiais para a sua eliminação?

Kane ainda não tinha as respostas para essas dúvidas. Lembrava-se apenas de Sunset ter dito que criaturas sobrenaturais deviam ser combatidas com prata. Não sabia como um cão conseguira, apenas com os seus dentes, dar cabo daquela entidade. Ainda havia muito para aprender sobre assuntos herméticos. Entendia tão somente que, por ironia do destino, o homem que saíra para caçar e deixar uma armadilha letal instalada à beira do rio havia sido pego por um estratagema infernal. E sua família devia estar à mercê daquelas criaturas sem escrúpulos.

O mestiço pegou as bolsas de dinheiro do buraco e as depositou da melhor maneira possível sobre o cavalo de Sunset. Blackmoon tinha a intenção de encontrar aqueles demônios antes que fizessem mais vítimas pelo caminho. Uma espécie de consciência havia transformado o espírito desiludido de Kane. Ele parecia ter encontrado algo para fazer pelos outros. Algo que o tornava melhor do que já tinha sido até aquele momento.

2.
O ensopado

Sobre a sela do seu cavalo, Kane cavalgou pelo mesmo caminho que o homem trilhara com o cão. Avistou a casa. Da chaminé saía um pouco de fumaça, espalhada pelo vento que se tornara mais forte àquela hora. Talvez um temporal estivesse se aproximando. A esposa do homem devia estar fazendo alguma refeição. Podia sentir o cheiro de ensopado. Dirigiu-se para lá. Queria ter certeza de que a família estava a salvo.

Assim que apeou, viu de relance uma pessoa observando-o através dos vidros da janela. Achou que era o menino. Olhou diretamente para verificar quem o investigava e constatou que não havia mais ninguém. Kane foi até a porta e bateu com os nós dos dedos três vezes. Não atentou para nenhum movimento vindo lá de dentro. Insistiu até que escutou chinelos se arrastando no assoalho de madeira. A porta foi aberta permitindo que o mestiço visse apenas o rosto gorducho cansado e abatido da mulher. Os cabelos estavam desgrenhados.

— Quem é você? — ela perguntou.

— Sou... — por um momento, Kane hesitou. — Sou amigo do seu marido.

— Meu marido... meu marido não está.

— Vim de longe para falar com ele. — O caçador de recompensas mentiu, sentia algo estranho no ar. — Somos amigos e temos negócios para tratar.

— Não posso ajudá-lo — disse a mulher, empurrando a porta para fechá-la.

Kane colocou o pé entre o batente e a porta, impedindo que fosse fechada.

— Posso esperá-lo. Senti o cheiro de comida. Estou exausto e com fome.

— Se você insiste... Entre, pois já vamos nos servir. — A mulher abriu a porta, deixando Kane passar.

O mestiço notou uma panela grande sobre o fogo na lareira. O menino que enxergara pela janela estava mexendo o ensopado com uma longa colher de madeira. Kane tirou o chapéu e cumprimentou o garotinho, que devia ter uns seis anos de idade. Estava com a mesma roupa que vira através dos olhos sobrenaturais do corvo. Não parecia tão feliz quanto antes. Nem mesmo cumprimentara o desconhecido, apenas o observava com curiosidade e desconfiança.

— Sente-se. — A mulher apontou uma cadeira junto à mesa. — Vou procurar os pratos.

Kane puxou uma cadeira e observou o interior da casa. No centro havia a mesa com seis cadeiras. Atrás do mestiço, ao lado da janela e da porta pela qual entrara, reparou uma espingarda encostada na parede e um longo capote pendurado em um cabide de madeira. A lareira ficava à direita. Havia barris ao lado. À esquerda, uma porta levava para um cômodo adjacente. Na frente da mesa, uma bancada sustentava diversos potes de vidro. Armazenavam condimentos, grãos e sementes. Pôde ver um cutelo cravado na bancada ao lado de fatias de carne. Panelas estavam dispostas pelas paredes, sustentadas por pregos.

A mulher se abaixou abrindo a porta de um armário. Como não encontrou o que procurava, abriu outra portinhola.

— Estão aqui! — Ela disse pegando os pratos e as colheres de madeira.

Colocou sobre a mesa e foi ver o ensopado.

Armadilha 47

— Me deixe ver se está pronto.

Ela pegou a colher do menino com certa violência e mexeu.

— Carne bem macia. Deve estar uma delícia!

Kane estudava a situação intuindo que existia algo incomum no comportamento da mulher. Era estranha a maneira como tratava o filho. Uma mulher que parecera extremamente carinhosa com toda a família não podia ter se transformado tanto em poucas horas. Para atestar a desconfiança que o incomodava, Kane percebera que a mulher não sabia onde estavam os pratos da própria cozinha. Sem contar que aquela pergunta, *Quem é você?*, tinha soado um tanto familiar. Fazia pouco que ouvira aquela frase... Escutara a mesma pergunta do pequeno demônio.

— Vamos comer? — Ela olhou para Kane com forçada cortesia.

Acima da bancada tinha outra janela. Kane ainda não olhara com atenção para o exterior. Lá fora algo se movia para lá e para cá, lentamente, conforme o balanço do vento aumentava. De cabeça para baixo, dependurado por um dos pés, em uma trave de avarandado, havia um corpo. Kane levantou de supetão, tomado pelo horror da situação. Era a menina, filha do casal, pôde identificá-la pelas roupas, pois não era possível enxergá-la totalmente através dos vidros. A outra perna estava faltando. Fora arrancada.

A mulher também olhou para a rua e então encarou Kane.

— Descobriu nosso segredinho, não é mesmo? — Ela riu com sarcasmo e tentou acertar a cabeça de Kane com a colher de pau.

Kane escapou da violenta colherada e, ao mesmo tempo em que se desviava do golpe, deu uma rasteira na mulher, que desabou no piso de madeira. O índio homem-branco ainda não entendia bem o que estava acontecendo. Mas depois da primeira experiência com o demônio de sombras, supôs o que acontecia. A mulher possuída começou a se levantar. Esquecendo-se do menino, Kane levou pelas costas uma bordoada com uma das cadeiras. Chegou a cambalear, entretanto, não caiu. Teve dúvidas em relação ao menino. Ele também estaria possuído ou apenas defendia a mãe? Contudo, não podia arriscar. Deu uma bofetada com as costas da mão no rosto do garoto, que foi se estatelar contra a parede. Kane pulou sobre a mesa indo até o outro lado, alcançando a bancada. Enquanto isso, a mulher já estava novamente em pé e correndo na direção de Kane, sem dar importância para o filho desacordado.

Mesmo que aqueles potes de vidro não estivessem identificados, reconhecia alguns dos conteúdos. Pegou um dos maiores e, antes que fosse atacado mais uma vez, acertou na cabeça da mulher rechonchuda. O pote se quebrou, esparramando sal por todos os lados. A cabeça da mulher começou a fumegar, enquanto gritava em desespero com a testa cortada. Ela colocou as mãos sobre o rosto. A pele derretia como se estivesse em contato com ácido. Utilizar sal para enfrentar criaturas possessoras era um dos truques que havia aprendido com Sunset.

A garganta da possuída inchou parecendo que algo a engasgava. Ela caiu no chão e começou a ter convulsões. Da boca, Kane viu surgir duas mãos minúsculas, depois os braços e, por fim, uma cabeça hedionda. Era um daqueles demônios que tivera o desprazer de conhecer naquela incrível visão de mais ou menos uma hora antes. A criatura estava quase toda fora da boca, pronta para saltar e fugir dali. Kane não hesitou. Acertou com a sua bota um chute no corpo do pequeno demônio, que voou para dentro da lareira. O maldito caiu direto no fogo, entrando em combustão quase de forma instantânea. Um grito de dor e desespero fez tremer as janelas do casebre. O corpinho incinerado se transformou em fumaça negra e em um líquido negro e pastoso.

Kane se agachou ao lado do corpo rechonchudo e inerte. Verificou se ainda havia pulsação. Nada. A boca estava escancarada em um esgar pavoroso. Seu olhar era de morte, sem viço algum. No outro canto da sala estava o menino. Parecia desacordado após a pancada que sofrera. Blackmoon apanhou sal e, antes que pudesse jogar um punhado no menino para se certificar da possessão, ele abriu os olhos.

— O que você vai fazer? — perguntou assustado e com voz de quem choraminga.

Kane não respondeu, apenas arremessou o sal no rosto do pequeno. Se não estivesse possuído, a sua atitude não teria maiores consequências. Apenas se desculparia com o garoto e tentaria ajudá-lo o melhor que pudesse. Mas o menino gritou quando sua face ardeu e começou a sangrar. Presenciou o mesmo fenômeno de embrulhar o estômago: a criatura começou a sair pela boca do hospedeiro.

Dessa vez, Kane pegou o seu Colt e, assim que o demônio saiu do corpo morto, mandou bala na criatura antes que pudesse atacá-lo. Aqueles pequenos demônios, Kane descobriu na prática, morriam como criaturas comuns e eram revelados com um punhado de sal. Mas o pior de tudo é que, depois da invasão de um corpo, o possuído estava fadado à morte. Kane sentou-se para descansar daquela série de eventos bizarros. Assim que se recuperou, deixou a casa.

3.
A igreja no meio do deserto

Kane parou os cavalos nos fundos do terreno de uma igreja. Amarrou-os em árvores e escondeu os sacos de dinheiro entre raízes mais afastadas. Para arrematar, colocou pedras por cima ocultando completamente a pequena fortuna. Já fazia algumas horas que viajava. Exausto, ainda não havia feito uma refeição decente. O mestiço bateu à porta de uma casa próxima à pequena edificação sagrada para os cristãos. Dava para ver luz entre as frestas de uma janela fechada e debaixo da porta. Uma pessoa a abriu em seguida. Vestia um pijama de listras. Um pequeno crucifixo de madeira ornava o pescoço.

— Padre? — perguntou o caçador de recompensas.

— Sim. Sou o padre daqui. E você?

— Um viajante extenuado precisando de um lugar para descansar.

— Nossa igreja fica entre duas cidades exatamente para receber os viajantes, meu rapaz. Você é cristão?

— Importa?

— Não, meu filho. — O padre faz um gesto para que ele entrasse. — O bebê é seu?

— Encontrei a menina no deserto chorando — Kane preferiu mentir. Era melhor dizer isso do que contar que demônios haviam assassinado os pais e os irmãos dela. Ele a encontrara no quarto daquele casebre dos horrores, ao ouvir o choro compulsivo. O caçador de recompensas decidiu que levaria a criança com ele até encontrar um lugar para deixá-la em segurança. A igreja pareceu o melhor local que ele poderia encontrar no meio do nada.

O padre gentilmente deu leite para a menina beber. Kane comeu milho e carne de carneiro. Após o jantar, o mestiço deitou-se em uma cama confortável. Dormiu o suficiente para restabelecer as forças e, antes mesmo de amanhecer, levantou em silêncio. Optou por abandonar a casa do anfitrião sem avisá-lo.

Nos fundos do terreno, Kane pegou os sacos de dinheiro do esconderijo e os acomodou na sela do próprio cavalo. Despediu-se com um carinho na crina do cavalo de Sunset, deixando-o na frente da casa do padre onde entrou outra vez. Ao lado das cobertas em que havia deixado a menininha, colocou uma das bolsas cheia de dinheiro. Achou que o religioso era um bom sujeito e saberia lidar com aqueles recursos para cuidar do bebê.

Kane Blackmoon partiu vendo o sol surgir no horizonte. Começava um novo dia de aventuras para o caçador de recompensas.

RESGATE DO MUNDO INFERIOR

1.
A forca

O sol estava escaldante. Não via a hora de chegar à cidade. Tinha pouco tempo para resolver a questão. Já podia sentir a febre se instalando em seu corpo. Trazia os primeiros calafrios. Se não resolvesse a enrascada em que havia se metido, muitas pessoas acabariam em perigo. Seria uma mortandade. As pessoas morreriam como moscas. Tinha exigido bastante do seu cavalo, o animal estava extenuado. Ao se aproximar dos limites daquele povoado, viu um agrupamento de pessoas.

Kane calculou mais ou menos uma dúzia de indivíduos. Reuniam-se diante de uma árvore de grande porte, com as folhas verdes. Na terra seca ao redor dela, crescia uma vegetação rasteira. Em um dos seus galhos grossos e fortes, fora amarrada uma corda. Um homem sentado sobre o dorso nu de um cavalo tinha um laço da mesma corda em torno do pescoço. Seria enforcado em breve.

O mestiço reduziu a corrida do cavalo para um galope. Quando chegou perto daquelas pessoas, puxou as rédeas para ficar ao lado de uma mulher. Próximo da árvore, havia um homem em pé.

Blackmoon logo percebeu a insígnia de xerife que ele ostentava no peito. Seus bigodes tapavam o lábio superior da boca.

— Esse assassino vai ter o que merece! — disse o xerife.

— Enforque! — gritou um magrelo no meio do grupo.

O homem que seria enforcado tinha olheiras profundas. A sua barba espessa dava um aspecto rude e descuidado. Suspensórios seguravam as calças por sobre uma camisa branca, suja e suada. Seus braços estavam cruzados atrás das costas, firmemente amarrados.

— Vocês não podem fazer isso. Não podem. Devem esperar um juiz para me julgar.

— Ele matou minha filhinha e jogou o corpinho na sarjeta. Enforque o desgraçado logo, xerife! — disse uma mulher chorando.

A mãe da menina era magricela. Seu rosto e olhos vermelhos indicavam que esvaziara barris de lágrimas. Ao seu lado, um homem também magro e de aspecto enfraquecido exigiu o mesmo:

— Mate o fora da lei! — Devia ser o marido dela, pensou Kane.

O caçador de recompensas ficaria feliz em se livrar de um sujeito como aquele. Blackmoon se aproximou da árvore em que o homem seria executado. O xerife se agitou ao ver um forasteiro chegando tão perto.

— O que quer em nossa cidade, estranho?

O xerife empunhava uma espada e apontou-a para o mestiço. Kane imaginou que, com aquela arma, o xerife bateria nas ancas do cavalo, fazendo-o correr. Sem o cavalo abaixo de sua bunda, o criminoso seria sustentado apenas pela corda. Por fim, o peso do próprio corpo faria com que o pescoço se quebrasse como o osso frágil de uma galinha.

Kane não deixaria aquilo acontecer. Não naquele momento e daquela maneira. Precisava ser rápido. Não podia perder o fator surpresa, a vida de amigos e dele próprio dependia de sua precisão. Estava a menos de cinco metros do alvo.

Blackmoon sacou o seu Colt sem ao menos piscar e deu um tiro na corda, bem no alto, onde ela estava amarrada na árvore. O barulho do disparo assustou o cavalo sobre o qual estava o assassino. O quadrúpede primeiro empinou e depois correu, quase passando por cima do grupo que se reunia para assistir à execução. Acostumado com tiroteios, o cavalo de Kane manteve a postura firme, sem se abalar com o disparo. As pessoas, para evitar o contato com o cavalo enlouquecido, se jogaram ao chão. Com a corda partida e sem o cavalo para sustentá-lo, o homem caiu de costas na terra dura, mas ainda permanecia com o pescoço no lugar e vivo.

Antes que as pessoas pudessem perceber o que acontecia, Kane deu outro disparo bem na espada do xerife, que voou alguns metros, espatifando-se longe dele. O homem, quase sem reação, tentou pegar o próprio revólver, porém não foi rápido o suficiente. Em poucos segundos, Blackmoon já estava com o cano do Colt praticamente encostado em sua cabeça. O caçador de recompensas disse:

— Bem, senhores... Se quiserem que seu estimado xerife continue vivo, levantem as mãos para cima e não toquem em suas cinturas. Não gostaria de ver qualquer um de vocês encostando a ponta dos dedos no cabo de alguma arma.

Kane olhava fixamente para o grupo formado por mulheres e, em sua maioria, por homens. Entre eles havia mais outro sujeito com insígnia. Devia ser o auxiliar do xerife. Ele permanecia sobre a sela de um cavalo, conseguira controlar o seu animal mesmo com a ocorrência dos dois disparos do Colt de Blackmoon.

— E você... Desça do cavalo.

O auxiliar olhou para o xerife revelando dúvida sobre o que deveria fazer. O chefe ajudou o subalterno:

— Faça o que o índio diz.

Kane percebeu o ódio racial na voz do sujeito. O auxiliar do xerife desceu do cavalo e se afastou do animal.

Ainda mantendo o olhar fixo sobre o grupo, Kane se dirigiu para o quase enforcado:

— Venha me ajudar, homem!

O criminoso caído ainda observava o acontecimento com estupefação. Após a ordem de Kane, começou a levantar com dificuldade. As mãos permaneciam amarradas. O caçador de recompensas passou o revólver para a mão esquerda, podia puxar o gatilho e ainda acertar o xerife se o cano ficasse colado à cabeça. Com a outra mão, pegou uma faca afiada.

— Chegue mais perto — Kane disse para o criminoso.

O homem ficou de costas, levantou um os braços, e, então, Blackmoon cortou a corda, livrando o sujeito.

— Agora pegue o cavalo do auxiliar do xerife. Fique com a faca.

— O que você pensa que está fazendo? — perguntou a mãe da menina assassinada.

Entre todos os homens atônitos, com medo de perder suas vidas, ela demonstrou coragem. Kane admirava pessoas corajosas. Aquela mãe teria justiça, mas não da maneira que ela esperava.

— Continue quieta ou mando bala neste aqui primeiro e depois em você — disse Kane cutucando a cabeça do xerife com o cano do revólver.

Blackmoon estava blefando. No entanto, ninguém sabia disso. A sua chegada e seus atos inesperados fizeram o grupo ter certeza de estar lidando com um assassino ou ladrão de sangue frio. A mulher ficou calada, enquanto mais lágrimas de raiva escorriam de seus olhos. Outra mulher ao seu lado pegou a sua mão e a apertou, tentando compartilhar um pouco de solidariedade.

— Pronto. Antes de subir no cavalo, pegue a corda que eu cortei e amarre nos punhos do xerife.

Kane ordenou com rispidez. O homem ficou em dúvida por um instante.

— Faça o que digo, vamos precisar dele.

Assim que os punhos do xerife foram amarrados, Kane mandou que o suposto criminoso ajudasse o homem da lei a subir na sela do cavalo. O quase enforcado montou depois na garupa.

— Escutem bem, todos. Nós vamos embora. E levaremos o xerife para um passeio. Chegando a um dia de distância daqui, eu o libertarei.

— Mentira! — gritou o auxiliar do xerife, que colocou a mão no coldre.

Kane deu um disparo que acabou acertando a perna do sujeito. O mestiço não queria ter feito aquilo, mas fora necessário. As outras pessoas perderam o controle, as mulheres gritaram e os homens que tinham trazido suas armas as procuraram nos cintos.

— Corra! — berrou Kane.

O bandido sentado na garupa comandava o cavalo segurando as rédeas com a mão esquerda e, com a direita, pressionava a ponta da faca afiada no pescoço do xerife. Kane e o criminoso ouviram alguns disparos atrás de si, todavia, por sorte não foram atingidos. Teriam tempo para se distanciar. Seus futuros perseguidores precisavam pegar cavalos para seguir no encalço da dupla que acabava de fugir.

Quando os fugitivos se encontravam a uma distância segura, o quase enforcado perguntou para Kane:

— Para onde estamos indo?

— Logo você descobrirá — respondeu o mestiço, sem diminuir a corrida do cavalo.

2.
A caverna

O xerife permaneceu quieto durante todo o trajeto. A ponta afiada da faca em seu pescoço o deixava pouco à vontade. Qualquer movimento em falso poderia levar a lâmina de encontro à sua garganta. Kane conduziu os cavalos na direção de um terreno rochoso e elevado. Passaram por um córrego ladeado por árvores esparsas até que chegaram à entrada de uma caverna. Desde o salvamento do assassino de criança, algumas milhas haviam sido percorridas em quatro horas de cavalgada. Os cavalos tinham suas forças quase exauridas. Precisavam descansar. Kane, enfim, chegara ao destino planejado. O seu esconderijo fora preparado exatamente para a ocasião que almejava.

O mestiço desceu do cavalo. O resgatado e o xerife também. Todos entraram na caverna. O caçador de recompensas disse:

— Fique ali naquele canto, xerife! E não tente nenhuma gracinha. Você — Kane se dirigiu ao outro homem —, pegue as armas dele e me entregue.

O sujeito fez o que Kane mandou. Pegou os dois revólveres do xerife e uma faca. Em seguida, entregou-os para o mestiço e se apresentou:

— Meu nome é Franklin. Obrigado por me tirar da forca!

Kane ficou quieto. Deixou as armas distantes dos dois indivíduos e começou a acender uma fogueira.

— Você precisa de alguma ajuda? — perguntou Franklin.

O xerife resolveu se manifestar:

— Não confie nele, índio! O homem é um assassino de crianças.

Kane continuou em silêncio, enquanto acendia a fogueira.

— Nunca toquei dedo algum em crianças. Sou inocente.

— É o que todo culpado diz — vociferou o xerife, cuspindo aos pés de Franklin.

A luz da fogueira iluminou a caverna, tornando possível enxergar as rochas das paredes e até do teto baixo pintadas com estranhos símbolos. Algumas tribos de índios saberiam identificar as ilustrações como representações da lua, do sol, das estrelas, de seres humanos e da morte. Contudo, os homens brancos, como o xerife e Franklin, apenas as compreendiam como coisas do demônio, manifestações de satã, imagens feitas por pessoas ignorantes da verdadeira fé. Kane achava que o seu trabalho tinha sido bem feito. Mas teria certeza do seu sucesso somente depois do ritual. Ao lado da fogueira, havia a galhada de um alce.

Franklin fez o sinal da cruz ao ver a caverna repleta de símbolos. O xerife talvez tivesse feito o mesmo gesto, se estivesse com as mãos desamarradas. Seu olhar era de incerteza, temia pela própria vida.

— Que lugar é este? — perguntou Franklin.

— Um lugar marcado para ser sagrado — respondeu Kane.

— O que pretende fazer, índio? — Desta vez, quem indagava era o xerife.

— Algo que vai salvar muita gente.

Kane sentou-se de pernas cruzadas sobre uma manta que colocara próxima à fogueira, sacou o Colt e o apontou para Franklin.

— Você, fique sentado ali. — Indicou o lado oposto da caverna.

— Por que você está apontando para mim?

— Um assassino de crianças não merece confiança alguma.

— Mas... Pensei que você soubesse... Pensei que tivesse informações sobre o verdadeiro assassino. Por que me salvou, então?

— Faça o que eu disse. Fique ali naquele canto. Não quero você perto do xerife ou de mim. E deixe as mãos onde eu possa enxergar.

Franklin se afastou sem entender o que estava acontecendo e, outra vez, atendeu às ordens de Kane.

— Você tem de acreditar em mim. Não fui eu. Não fui eu. Em menos de seis anos, quatro crianças foram assassinadas em nossa cidade. Quando achávamos que não aconteceria um novo crime, outra morria da mesma maneira cruel.

Kane pensou em interromper Franklin, porém ficou calado, deixando-o falar. Afinal, teve ciência de que a falta de um julgamento justo, sem um juiz para decretar a execução, a tornava um tanto suspeita. Deveria ter pesado esse fato na balança antes de livrá-lo da forca. Entretanto, tudo acontecera tão rápido. Não teve tempo de pensar melhor sobre a situação. No fundo, sabia que não poderia perder aquela oportunidade. O seu tempo estava se esgotando. Quem saberia dizer onde ele encontraria alguém melhor para o deus rato? No entanto, agora percebia que se o sujeito não fosse o criminoso, sua tarefa teria sido em vão.

— Sou ferreiro — continuou Franklin. — Muita gente na cidade deve pelos meus serviços. É confortável pra muitos vizinhos que eu seja executado sem a presença de um juiz. Suas dívidas não teriam de ser pagas. Não tenho filhos. Nunca casei. Sou discriminado por isso...

— Você gosta de dormir com homens. Todos sabem que você é um pervertido. Um sodomita — falou o xerife, tentando interromper o relato.

— E daí? Deus vai me julgar. Isso não me torna um assassino, nem um abusador.

— Foram encontradas provas perto do corpo da última criança que você assassinou.

— Provas? Um chapéu que perdi não pode ser uma prova. Qualquer um pode tê-lo encontrado e deixado junto ao corpo da menina. Você e seus inúteis colegas nem mesmo tentaram encontrar outros indícios. Simplesmente deixaram correr a informação pela cidade, que me julgou como um monstro. Não fui eu. Não fui eu, já disse. Por que não podem me escutar? — Dessa vez, Franklin gritou ao mesmo tempo em que se posicionava para levantar de onde se encontrava.

Antes que Franklin pudesse atacar o xerife, Kane deu um disparo de seu Colt que acertou a parede da caverna. O som retumbante fez com que o suposto assassino ficasse imóvel.

— Nem mais um movimento, Frank. Meu tempo não é muito longo. Se você não cometeu os crimes, vai se safar dessa. O julgamento será realizado dentro em breve. Ele não falhará.

— Você não pode me julgar — disse Franklin.

— Não serei eu o juiz. Aguarde e verá! — falou Kane.

Blackmoon pegou um recipiente de pedra que tinha deixado ao lado da fogueira. Jogou dentro dele umas folhas escuras, malcheirosas e, com a empunhadura do próprio revólver, as esmagou. As mãos do caçador de recompensas doíam. Era como se os seus músculos pudessem paralisar a qualquer momento. As pontas dos dedos da mão esquerda estavam pretas. Ao ver com atenção a mão de Kane, o xerife não teve certeza se apenas estava suja ou se alguma doença contagiosa havia lhe acometido. Ele se encolheu em um canto, na intenção de se afastar do raptor.

Kane tossia enquanto realizava com pressa a tarefa de esmagar a erva. Para salvar os amigos e a si mesmo, precisava concluir o ritual. O mestiço não conseguiu evitar a lembrança dos últimos dias em que conhecera um grupo de *navajos*.

3.
O cavalo negro

Alguns dias antes de salvar Franklin da forca, Kane acordou assim que os primeiros raios de sol tocaram o seu rosto. Esfregou os olhos, sentou-se e dobrou o cobertor. Naquela noite, havia dormido ao relento. Faltavam ainda alguns quilômetros para chegar à cidade mais próxima. A fogueira se apagara durante a madrugada, deixando-o com frio. Porém, sem vontade de alimentá-la, permaneceu deitado. Não queria interromper os seus sonhos. Desde que conhecera Sunset Bison, sonhos estranhos o levavam a lugares em que nunca estivera, mas que se materializavam como se fossem reais em sua mente. No último deles, estava vivendo sozinho em uma cabana nas montanhas. Nevava sem parar. Concluiu que o frio que sentira na realidade levara seu cérebro a produzir o pesadelo. Sabia que em breve sentiria calor, pois o sol se erguia para um novo dia.

O terreno em que se instalara era pedregoso e com pouca vegetação. Algumas árvores esparsas compunham o restante do ambiente, tendo como companheiras próximas as montanhas rochosas. Foi então que enxergou, a uns cinquenta metros de distância, um solitário cavalo negro pastando a pouca vegetação disponível. O pelo do imponente animal chegava a brilhar de tão liso e sadio. Era livre. Selvagem. Nenhuma sela sobre o lombo. Devia ter se desgarrado do grupo. Um cavalo daqueles valeria bons dólares se fosse vendido para um fazendeiro. Mas muito mais do que o dinheiro, a aventura acenava sedutora para Kane. Sem tirar os olhos do quadrúpede, selou o seu próprio cavalo e arrumou os seus pertences. Cavalgou em direção ao cavalo negro segurando uma corda na mão direita. Pretendia laçá-lo e, depois, vendê-lo.

Kane, ao chegar a menos de trinta metros do alvo, arriscou uma corrida com o seu cavalo. Despreocupado, o selvagem ainda pastava. Mas quando escutou o barulho rápido e ritmado dos cascos do outro quadrúpede batendo contra o solo pedregoso, levantou a cabeça e começou a fugir.

Em uma rápida investida, Kane quase conseguira acertar a corda no pescoço do animal, o laço passara muito perto. O mestiço deixou escapar um xingamento para si mesmo. Tinha chegado a menos de dois metros do seu objetivo. Porém, não desistiria tão fácil. Aquele fora apenas o primeiro arremesso. Continuou no encalço do cavalo mesmo com a distância aumentando. O espécime negro não carregava peso, isso facilitava a sua fuga. Blackmoon o perseguiu na tentativa de encurtar o espaço entre eles. Contudo, isso não ocorreu. A distância só aumentava. Então, percebeu que teria de agir diferente. Deixou o fugitivo correr, enquanto apenas trotava com a sua própria montaria. Estava decidido a não perder o animal de vista, mesmo já estando a cem metros do seu laço.

O cavalo escuro como a noite parou de correr. Sentia-se seguro distante do homem. O animal de pelagem espessa e brilhosa chamava atenção por sua beleza. Era de encher os olhos. O garanhão agora parecia sem nenhuma pressa. Kane o seguia de longe. Talvez o conduzisse até um grupo de cavalos selvagens, aí sim não teria como deixar de capturar algum exemplar. Pensou que poderia ter um pouco de sorte naquele início de dia.

As horas foram passando, Kane começava a ficar cansado. O cavalo negro parou apenas uma vez para beber água em um leito de rio. Kane aproveitou o momento para diminuir a distância que havia entre eles. Em seguida, o fugitivo cruzou o rio, que não era profundo e nem largo. As águas chegavam aos joelhos do animal. O cenário se tornava menos hostil. Do outro lado havia mais vegetação. O terreno era levemente inclinado, à esquerda o rio serpenteava vindo de um local alto protegido por árvores coníferas.

Kane continuou perseguindo o cavalo. Talvez a criatura estivesse se acostumando com ele. A oportunidade de capturá-lo se avizinhava. No entanto, o animal se embrenhou na mata seguindo por um caminho sinuoso. Logo entrou em uma ravina estreita, esculpida por um rio que secara. No seu topo, com mais de quinze metros de altura, existiam raízes, cipós e copas de árvores. Naquele local, mesmo que Blackmoon conseguisse se aproximar, não teria chance de prendê-lo. Não havia espaço para girar a corda no ar e lançá-la. Já era final de tarde, seu cavalo parecia exaurido de forças. Então, decidiu desmontar. O lugar pelo qual caminhava era úmido, água escorria por alguns veios de rocha.

O cavalo selvagem seguiu por uma curva à direita do paredão. Kane não conseguia mais vê-lo, por isso se apressou para continuar em seu encalço. Então, atingiu a curva alcançando um campo largo abastado de gramíneas, flores e árvores. As bordas da ravina desciam irregularmente até o nível do solo, indicando o seu abrupto término. Entre as árvores, avistou o cavalo. Longe alguns metros, o quadrúpede o encarava. Os olhos do animal tinham uma inteligência incomum. Kane ficou em dúvida se deveria continuar perseguindo criatura tão majestosa. Ainda assim, decidiu enveredar pela experiência da captura. Queria laçar a criatura selvagem, medir suas forças contra as dela. Talvez a soltasse depois. Subiu com rapidez sobre a sela do seu próprio cavalo e disparou em desabalada correria.

Blackmoon se aproximara consideravelmente, o cavalo tardara a começar sua corrida para a liberdade. O mestiço chegou a girar a corda no ar. Mas não teve tempo de lançá-la. Percebeu com o canto dos olhos que não era o único homem ali. Havia um pequeno grupo de índios que ele não vira antes. Talvez fossem três ou quatro. Não teve tempo de encará-los para ter certeza. Seu desejo de captura era tão grande que não observara o ambiente ao redor.

Algo viera em sua direção. Um objeto lançado por um dos homens. Teve a impressão de que era uma machadinha... A dor surgiu de forma instantânea, fazendo com que perdesse o controle das rédeas e caísse do cavalo. Estatelado no chão, sentiu o sangue escorrer da têmpora e inundar um dos seus olhos. A cabeça latejou e a visão começou a se tornar turva. Kane Blackmoon perdeu os sentidos.

4.
As gêmeas

Kane despertou sobre o lombo do próprio cavalo. Estava deitado de bruços e com os braços para trás, amarrados. O mestiço se lembrou dos últimos acontecimentos e logo entendeu que tinha se tornado prisioneiro. A dor na cabeça continuava a latejar. O sangue secara sobre a pálpebra esquerda. O caçador virara a caça. Blackmoon tentou erguer o pescoço para ver melhor os seus captores. Conseguiu enxergar as pernas dos cavalos, todos malhados, e dos índios montados.

— Quem são vocês? — perguntou Kane.

Não houve resposta. O mestiço resolveu insistir.

— Por que me capturaram?

Era uma pergunta fácil de responder. Ele já sabia essa resposta. Entrar em um território índio sem ser convidado era invasão. Sua melhor cartada seria contar que não sabia onde estava e que sentia muito por ter invadido terras alheias. Podia oferecer dinheiro. Ainda possuía o suficiente desde que recuperara o roubo feito por Hernandes Calderón. Sempre carregava um bom maço nos bolsos. No entanto, o maior volume depositara em um refúgio que somente ele conhecia.

— Desculpe se invadi o território de vocês. Não foi minha intenção. Sou apenas um viajante.

— Não gaste sua saliva, estrangeiro. O chefe vai decidir o que fazer com você — respondeu um deles. Kane não sabia, mas era o mesmo índio que havia atirado a machadinha contra ele. E não estava com disposição para ajudá-lo.

Kane Blackmoon achou melhor ficar quieto e tentar a sorte quando encontrasse o chefe da tribo. Percebeu que haviam retirado seu cinto com os seus revólveres e cartuchos. Não tinha nenhuma arma para se defender, caso conseguisse soltar as mãos. Só restava a diplomacia, nesse caso, como recurso de libertação. Deveria utilizar bem a lábia, pois sempre acabava discriminado, não importava se ele se encontrava em cidades dominadas por brancos ou em territórios indígenas. Não era bem visto por quem quer que fosse até que pudesse criar algum laço de amizade. Passaram-se alguns minutos antes que o grupo chegasse à aldeia. Kane viu crianças se aproximarem dele, ficando a uma distância segura, longe dos seus braços amarrados.

Os indígenas pararam diante de duas tendas, uma grande e outra de porte médio. Um dos verdugos puxou Kane de maneira brusca de cima da sela. O mestiço não conseguiu ficar em pé. Além da dor na cabeça, devido à pancada que sofrera, sentia os músculos do corpo retesados, doíam bastante após o dia de perseguição ao animal selvagem e pela maneira como fora instalado na garupa do seu cavalo. Começava a anoitecer. O homem que o acertara com a machadinha entrou na tenda maior e, algum tempo depois, veio acompanhado de um sujeito mais velho. As pessoas se aglomeravam em torno do grupo que regressara e de Kane. Sem dúvida, estavam curiosos para saber quem era aquele intruso e o que o seu líder faria com ele.

Kane se levantara parcialmente do chão. Conseguira ao menos se sustentar sobre os joelhos e as pernas. Estava em posição de inferioridade em relação ao chefe, isso poderia ajudá-lo na hora de implorar pela própria vida. O velho índio vestira um suntuoso cocar para recebê-lo. Com a voz desgastada pelo tempo, indagou:

— O que você faz em nossas terras?

— Perdoe-me, grande chefe. Não foi minha intenção invadir o seu território. Pretendia chegar à cidade do outro lado do vale.

O mestiço respondeu com a cabeça baixa, sem olhar o homem diretamente.

— O que prevalece em você? — perguntou.

— O que você quer dizer com isso, grande chefe?

— Em seu sangue prevalece a natureza das tribos locais ou dos homens brancos?

Com sinceridade, Kane não sabia. E se perguntou qual a necessidade de definir algo desse tipo. Ele entendia que qualquer ser humano, independentemente da cor da pele, podia ser cruel, mentiroso e vil. Para a humanidade, não havia salvação. Todos, sem exceção – homens, mulheres, crianças e velhos –, carregavam dentro de si uma semente do mal a ser combatida a cada dia para que não germinasse. De alguma maneira, a semente já tinha brotado em seu coração, mas às vezes ele tentava podá-la. Respostas sinceras poderiam conduzi-lo para o escalpo, então precisou mentir. Seria político pela própria sobrevivência.

— A dos índios, sem dúvida, grande chefe *navajo*. — Naquele momento, Kane mostrou sua experiência chamando o chefe também de *navajo*. Havia reconhecido a tribo por suas vestes e pela região em que habitavam.

— De que povo você vem?

A nova pergunta fez Kane se preocupar. As populações indígenas guardavam rancor para com os inimigos e eram fiéis aos aliados. Se desse a resposta errada, talvez o seu sangue alimentasse os cães. Blackmoon ergueu a cabeça olhando nos olhos do chefe. Estava pronto para dar uma resposta. Nunca descobriu se o que diria o sentenciaria à morte ou faria dele um convidado.

Antes que pudesse dizer qualquer coisa, Kane Blackmoon ouviu a voz suave de uma mulher:

— Foi o curandeiro que o chamou.

Kane olhou na direção da voz. Havia duas mulheres na entrada da tenda ao lado da habitação do chefe. Eram gêmeas e estavam de mãos dadas. Deviam ter mais ou menos vinte anos. Uma delas tinha os olhos vivazes, castanhos e brilhantes. A outra, as órbitas dos olhos brancas como leite. A mulher desprovida de visão falou outra vez:

— Minha irmã pode ver o espírito do corvo que o acompanha. E eu posso ver com os olhos dela.

A mulher ao lado da cega olhava para uma árvore atrás de Kane. O mestiço olhou para o mesmo lugar que a índia. Lá estava seu corvo protetor acompanhando tudo de perto. As outras pessoas olharam para o mesmo ponto, até mesmo o chefe. Algumas delas murmuraram comentando que não conseguiam ver nada além das folhas e dos galhos das árvores.

— Só porque vocês não podem ver o espírito, isso não significa que ele não está lá — falou a mulher ao escutar os comentários. — Como você chegou aqui, estrangeiro? Seja sincero!

Foi uma surpresa e tanto para Kane descobrir que o corvo era invisível para a maioria das pessoas. Quando o vira sobre o túmulo improvisado de Sunset, pensara que se tratava de uma criatura feita de carne, ossos e penas. O estranho oeste se revelava aos poucos para o caçador de recompensas. Tentou organizar a razão diante daquela nova informação e decidiu não ocultar informações daquela vez. Pressentiu que, se fosse sincero, talvez as jovens o tirassem da enrascada em que havia se metido.

— Segui um cavalo negro. O animal mais bonito que já vi. Ele me conduziu por quilômetros até que entrei em uma estreita ravina, chegando à floresta.

— Mentira — disse o índio que o acertara com a machadinha. — Você deve ter nos visto e tentou fugir correndo o máximo que podia com o seu cavalo.

— Não vi vocês. Eu apenas perseguia o cavalo.

— Não havia nenhum cavalo.

Dessa vez quem interferiu foi o chefe ao levantar a mão com um gesto que solicitava silêncio. Depois, olhou para o homem que trouxera Kane como prisioneiro.

— Meu filho, nós não podemos permitir que a raiva ou o ódio nos ceguem. Assim como não vemos o corvo que acompanha este homem, também não somos capazes de ver o espírito protetor do nosso xamã. Feiticeiros se comunicam de uma forma esquisita. De uma maneira que nós não compreendemos plenamente. Se as suas irmãs dizem que o curandeiro mandou chamá-lo, é hora de atender. Não temos tempo a perder. O menor dos seus irmãos corre risco de vida nesse momento. Precisamos agir.

O filho do chefe pareceu refletir por um instante e disse:

— Levem o intruso para a tenda das minhas irmãs. Eu mesmo ficarei de olho nele.

Dois índios levantaram-no, cada um de um lado, e o carregaram até a cabana. Os pés de Kane foram arrastados no chão. Dentro da cabana, cortaram as cordas que amarravam os punhos do mestiço e o jogaram sobre uma manta colorida. As gêmeas entraram ainda de mãos dadas. Os homens que o conduziram foram embora. Logo em seguida, entrou o filho do chefe com uma lança e foi se sentar em um canto da tenda. Continuava desconfiado, mesmo com as observações feitas pelo chefe da tribo, seu pai.

Kane pôde ver ao seu lado duas pessoas em leitos feitos de palha e cobertos por mantas. Uma delas era um ancião, seu peito quase não se movimentava, revelando uma respiração profunda. No outro canto, um menino de no máximo seis anos, pequenino e magrinho, vestia apenas uma tanga. O seu corpo franzino apresentava umas manchas negras que deixaram o mestiço inquieto. A respiração do garoto chiava, era fraca, os pulmões estavam a ponto de parar.

As gêmeas se ajoelharam ao lado de Kane.

— Meu nome é Natah. Sou a que fala. Sou a voz guia no mundo inferior — disse a cega. — E esta é minha irmã, Shila. Eu sou a voz dela e ela é a minha visão.

— Eu sou Kane.

Shila soltou a mão da irmã e empapou um pano de água com ervas. Natah continuou a conversa com o mestiço:

— O homem sábio que está deitado em transe profundo é conhecido como Klah, o xamã da mão esquerda. O menino doente ao lado dele é Kilshii, outro de nossos irmãos, filho do chefe *navajo*.

Shila passou o pano úmido no sangue seco e no ferimento que havia na cabeça de Kane.

— Obrigado, Shila — disse Kane.

A mulher se manteve calada. Parecia viver em um mundo particular ou simplesmente não desejava falar com ele. Ainda não sabia dizer.

— Quando quiser conversar com Shila, espere ela olhar para você. Minha irmã não ouve. Mas, com o contato dos olhos, ela pode compreender muito do que você diz. Ela sabe como ler lábios em movimento — disse Natah.

Depois que Shila molhou de novo o pano e olhou diretamente para Kane enquanto limpava o machucado, ele a agradeceu mais uma vez. A moça sorriu. Ele retribuiu. Um olhar poderia dizer tanto quanto palavras.

— Agora vamos prepará-lo para a viagem — disse Natah.

— Qual viagem? Estou exausto. Mal posso mexer o corpo.

— Você não vai precisar dele, feiticeiro.

— Não sou um feiticeiro.

— Se você não é um feiticeiro, está desperdiçando seu melhor talento. Klah não o chamaria se você fosse um despreparado.

— Não posso negar que já presenciei coisas bem estranhas nos últimos dias. Enfrentei um ou outro demônio e um morto me mostrou os derradeiros momentos de sua vida. Desde a morte de um velho amigo *sioux*, o corvo visto por vocês tem me acompanhado. Para falar a verdade, acho que ele sempre esteve comigo, desde a infância.

— Então aceite o seu destino. Mas tenha cuidado. Lidar com mortos não é um bom caminho. A necromancia pode tornar a alma do conjurador um poço de trevas. Além disso, pode atrair feiticeiros rivais, loucos para devorar o seu coração e, assim, roubar a experiência adquirida ao longo dos anos. Você deve ter uma alma velha... Que precisa despertar e tornar-se consciente dos inúmeros universos.

— Não sei se isso me deixa contente ou assustado.

Kane deu um sorriso forçado. Não tinha interesse em ser um feiticeiro. Nem mesmo acreditava que isso seria um caminho viável a ser seguido.

— Parece que você ainda tem muito o que aprender, Kane. O garanhão negro enviado por Klah é um pedido de ajuda. Nosso xamã está perdido. Não está conseguindo voltar para o nosso plano de existência, nem mesmo com a minha voz o conduzindo. Temo que ele tenha sido enganado por uma entidade poderosa. O mundo inferior está repleto delas e algumas são capazes de criar ilusões. Você vai procurá-lo e trazê-lo de volta.

— Bem que eu gostaria. Mas não confio na minha capacidade para fazer o que você pede. Além do mais, por que precisam de mim para fazer o resgate? Você ou a sua irmã não podem trazê-lo?

— Tentarei explicar o melhor possível. Eu e Shila apenas possuímos um dom que nos une. Devíamos ser uma única alma habitando o mesmo corpo. Mesmo separadas, nos complementamos. Ela pode me mostrar o que vê e ouvir o que eu ouço, enquanto estamos de mãos dadas. Não de maneira perfeita, mas o suficiente para que possamos nos ajudar. Contudo, isso não nos torna feiticeiras. Somente feiticeiros entram no mundo inferior. Só aqueles que tiveram o seu totem sagrado revelado conseguem passagem livre. Talvez, no futuro, nós possamos viajar por qualquer plano da existência, somos sensitivas e nossa habilidade de interagir com o sobrenatural aumenta a cada ano. Por enquanto, estamos apenas aprendendo com Klah. Precisamos de você, Kane. Se Klah ou Kilshii continuarem perdidos ou aprisionados, seus corpos sem almas não conseguirão resistir, vão definhar e, depois de alguns dias, irão falecer. Minha voz funcionará como uma âncora. Confie em mim. Ela orientará o seu retorno. Quanto mais forte você a escutar, mais próximo estará da entrada que conduz de volta ao nosso mundo.

— Entendo que a sua voz seja como uma guia. Porém, ainda tenho dificuldades em acreditar que exista de fato um mundo inferior, mesmo que eu já tenha passado por algumas experiências inexplicáveis. Não sou o indivíduo ideal para a tarefa.

— Talvez esteja com a razão, Kane. Mas você é a nossa última esperança. Klah deve ter encontrado uma entidade poderosa que, de alguma maneira, o aprisionou, assim como Kilshii.

Natah ficou calada. Começava a desistir da ideia de convencer Kane. No entanto, o caçador de recompensas amolecera o coração.

— Tudo bem. Vejo que você está irredutível. Nada mudará sua ideia de que devo ajudá-la. Já passei por coisas ruins nessa vida. Mais uma não fará diferença. Então, antes de me enviar para o inferno, me diga, ao menos, se existe alguma pista de como posso encontrar Klah e se você sabe alguma coisa a respeito dessa tal entidade.

Natah sorriu e o rosto se iluminou. A voz veio empolgada:

— Klah não teria enviado o chamado para você se não soubesse do seu valor.

— Você já parou para pensar que talvez eu seja o único "feiticeiro" por essas bandas? Quem não tem cão caça com gato.

Shila, de mãos dadas com a irmã, escutou a entonação irônica que o mestiço havia utilizado na palavra feiticeiro. A mulher sorriu para ele com simpatia.

— Não ria de mim, Shila — Kane retribuiu com um sorriso amigável.

— Nosso tempo é curto, Kane. Você deve ingerir essa bebida antes de entrar no mundo inferior.

Natah entregou uma tigela de madeira para Kane e disse:

— Sobre a entidade que enfrentamos, não sei o que dizer. Sua interferência no mundo superior é algo novo para nós. A enfermidade que ela nos traz é única. Nunca vimos antes, portanto, não sabemos quem estamos enfrentando. A doença de Kilshii é como o sinal da própria entidade. O menino está à beira da morte.

— Todas as informações que você fornece me deixam muito animado — disse Kane com um sorriso irônico.

O mestiço bebeu o conteúdo amargo da tigela e fez uma careta.

— A bebida vai me levar para o tal outro mundo?

— Sem dúvida. Ela serve apenas para relaxar o feiticeiro e deixá-lo conectado com a vibração do espaço inferior.

— Fale um pouco de lá antes que eu durma. Estou sentindo o corpo pesado e bastante sono.

— Klah nos diz que é bem parecido com o lugar onde vivemos. Mas é diferente... Você vai ver com os próprios olhos. Aproveite a experiência.

— Farei o que puder para encontrar o garoto e o xamã.

Aquela fora a última frase de Kane antes de se sentir entorpecido. Aquele dia tinha sido cansativo e levar a pancada na cabeça fizera com que se sentisse ainda pior. Deitar sobre uma manta macia aos cuidados de duas mulheres bonitas melhorava as suas perspectivas. O caçador de recompensas, ao relaxar, teve a sensação de que o seu corpo não pesava mais do que uma pluma solta no ar. Aos poucos tudo foi ficando escuro em uma calmaria sem igual.

5.
O mundo inferior

Kane Blackmoon não saberia dizer quanto tempo havia ficado naquele estado de torpor. Horas ou minutos, naquele momento, não importavam. Apenas descansou para recuperar as forças. Então escutou uma voz suave entoando uma melodia encantadora. Logo supôs que deveria ser Natah. O mestiço abriu os olhos. Ainda estava na cabana. Entretanto, não havia qualquer pessoa com ele. Sua visão parecia meio embaçada. Esfregou os olhos e nada mudou. O próprio ar estava embaçado, obscurecido levemente por uma névoa branca e sutil. O cenário daquele mundo era igual ao do outro em que Kane vivia. Nada havia se alterado. Era como uma cópia perfeita, mas com uma atmosfera carregada, viciada. O caçador de recompensas havia realizado a travessia entre mundos e possuía plena consciência daquela passagem.

Kane levantou de seu leito. Ainda sentia a cabeça latejar devido ao golpe que sofrera. Os músculos pareciam melhores do que antes, já não doíam tanto. Apalpou a própria cintura para ter certeza de que continuava sem os seus revólveres. Não sabia se as armas funcionariam naquele lugar e se era possível ferir ou ser ferido por algum inimigo naquele mundo. Na dúvida, pegou a lança que encontrou apoiada na entrada da cabana e saiu.

Lá fora, o aspecto lúgubre continuava o mesmo. Olhou para as folhas das árvores e achou que permaneciam imóveis. Não soprava vento algum. Kane olhou ao redor e tudo o que reparou foram as cabanas da tribo espalhadas pelo terreno. Em torno da ocupação, havia árvores altas. No céu, via algumas nuvens, que se moviam com lentidão em um firmamento cinza. Notou que as cores daquele mundo eram escuras, pouco vivazes. Pôde ver o sol, não fazia muito que ascendera no leste. Pensou na voz de Natah e a escutou em alto e bom som. Vinha da tenda que acabara de sair. Largado à própria sorte, Blackmoon não sabia por onde começar a sua procura pelo xamã e o menino. Decidiu chamar pelo corvo.

— Onde você está, amigo das penas negras? Preciso de você.

Kane ouviu atrás da sua cabeça um barulho de asas. Era o corvo voando acima dele e do acampamento, como se estivesse estudando o terreno. O mestiço o observava. Então, a ave voou para a floresta. O melhor que Kane poderia fazer era seguir o seu espírito protetor.

O caçador de recompensas se embrenhou na mata acompanhando o voo do seu guia. De vez em quando, o corvo esperava o homem em um galho baixo das inúmeras árvores. Kane olhou para trás e já não enxergava mais as tendas da tribo. O meio-índio pensou na voz de Natah e a identificou com perfeição. Enquanto a escutasse sabia que poderia retornar pelo mesmo caminho.

O silêncio era algo perturbador naquele ambiente. Kane não escutava barulho de pássaros, de outros animais e nem mesmo das águas de um córrego que avistara próximo de onde caminhava. Porém, isso não significava que o som não pudesse se propagar. Ele escutava os próprios passos sobre o mato. Teve a impressão de que se movimentava por um lugar morto. Ou quase morto, pois percebeu com o canto dos olhos algo se movimentando alguns metros ao lado dele. Virou a cabeça na direção da coisa e enxergou o rabo de um rato, que se escondeu em uma toca. Não sabia se devia se preocupar com a presença daquele animal. Um roedor não poderia lhe fazer mal. Mas e se fosse uma espécie de monstro como estava se acostumando a encontrar? Ficaria alerta. Continuou seguindo o seu guia. Mais uma vez, sua visão periférica captou movimento. Outro rato. Conseguira, dessa vez, ver o espécime por inteiro antes que se escondesse. Seus pelos eram negros e estavam eriçados, talvez estivesse com medo da presença de Kane.

O mestiço parou quando o corvo passou pela entrada de uma caverna e pousou em outro galho de árvore próximo daquela escuridão. Kane observou o terreno ao redor e, ao olhar para trás, percebeu que algo havia se alterado de forma sutil. Era como se um espelho tivesse sido colocado ao lado de cada árvore para refletir imagens e confundir o viajante. O meio-índio lembrou-se de Natah informando-o que entidades poderosas eram capazes de criar ilusões. Teria sido assim que a desconhecida entidade enganara o xamã? Fazendo com que a floresta ficasse diferente, como se fosse um labirinto de espelhos? Sem dúvida, dessa maneira Klah teria se perdido. Ele próprio já duvidava se conseguiria retornar. No entanto, ao pensar na voz de Natah, ainda podia escutá-la, então havia esperança. Seu próximo passo era entrar na caverna. Sabia que o corvo o levara até ali por este motivo.

Ao se aproximar daquela boca escura sem dentes, sentiu o cheiro nauseabundo que provinha de lá. Teve ânsia de expelir sua última refeição. Mas se controlou. Tapou o nariz e a boca com um lenço preto que carregava no bolso da camisa, amarrando-o na nuca. Com aquele lenço no rosto, ficava bem parecido com os bandidos que se acostumara a capturar. Entrou na caverna. O corvo ficou lá fora.

Apesar de estar escuro, uma luminosidade sobrenatural pairava no lugar. Kane Blackmoon podia enxergar as paredes mais próximas e o chão irregular sobre o qual caminhava. O mestiço caminhou cerca de dez metros por um caminho em linha reta que descia até chegar a uma bifurcação. Do lado direito vinha o som fraco de água pingando e do lado esquerdo teve a impressão de escutar a respiração ofegante de alguém. Optou em seguir pelo caminho em que ouvira a respiração. Podia ser Klah ou Kilshii. A descida continuou levando Kane para o fundo da caverna. As pedras se tornaram escorregadias. O explorador teve cuidado em cada passo para não cair.

— Quem está aí?

Kane ouviu a pergunta vinda de um fosso à frente. A voz era cansada. O mestiço se aproximou pé por pé até que pôde olhar para o buraco. Lá dentro, caído de uma maneira estranha, estava o xamã conhecido como Klah. Kane o identificou, pois já vira o seu rosto envelhecido na tenda de Natah e Shila.

— Você? Finalmente.

— Você me conhece? — perguntou Kane.

— Eu o vi através dos olhos do meu espírito protetor. Preciso que me tire daqui.

— O que aconteceu?

— Fui enganado pela criatura que aprisionou Kilshii. Quebrei minhas pernas.

Dava para ver que uma das fraturas estava exposta, o osso da perna aparecia com uma ponta fora da carne.

— O maldito ocultou a armadilha com uma ilusão. Ele é poderoso. Vamos, me ajude! Não sei o quanto ainda aguentarei esta dor.

— Eu já volto — disse Kane. — Vou conseguir algo para puxá-lo.

— Seja rápido. Quem está produzindo a luz artificial na caverna sou eu. Não tenho como mantê-la por muito mais tempo.

Mesmo incapacitado pelos ferimentos nas pernas e escoriações que sofrera por todo o corpo com a queda, o feiticeiro ainda conjurava um resto de magia.

Kane, ao sair da caverna, pegou uma pedra afiada com a qual cortou um cipó. O mestiço improvisou uma corda e a levou até o *navajo*. O velho xamã teve de amarrar a corda na cintura. Não foi fácil, pois gemeu de dor a cada movimento para envolver o corpo. Logo que o homem atou um nó bem firme, Kane o puxou para o alto. Por sorte, o velho xamã não pesava muito, estava virado em pele e osso.

— Apoie-se em mim — disse Kane.

O mestiço desamarrou o xamã e depois enrolou a corda de cipó, ajeitando-a entre o próprio ombro e a axila.

— Eu escuto o canto de Natah. Posso levá-lo de volta.

—Também escuto muito bem a voz dela. Mesmo no fundo daquele poço eu a ouvia. Mas era impossível sair de lá sem ajuda. Por isso tive de procurar por outro feiticeiro capaz de me buscar.

— Eu não sou feiticeiro. Já falei para Natah.

— E ela deve ter dito que você é.

O xamã fez uma pausa e, após um breve suspiro, disse:

— Esse tipo de discussão não nos importa agora. Estou me esforçando o que posso para emitir cada palavra que sai da minha garganta. Estou com muita dor, portanto, escute bem. Kilshii está nesta caverna. Sinto a alma dele em agonia. Você deve procurá-lo e libertá-lo da entidade que o aprisiona.

— Digamos que eu encontre Kilshii, como poderei libertá-lo? O velho se apoiava no ombro de Kane dando passos curtos. A dor em seu rosto era visível. Os dois se aproximavam da saída da caverna.

— Vi os olhos da entidade. Ela é antiga. Vislumbrei outras eras em suas pupilas negras. Criaturas velhas como o início da humanidade não podem ser mortas ou derrotadas de maneira fácil. Receio que eu tenha sido preso naquela armadilha exatamente para emitir um chamado de socorro em meu favor. Assim, outro xamã mais jovem poderia realizar o que não posso.

— Você quer dizer eu?

— Isso não posso afirmar. Pode ser. Creio que a entidade deseje negociar Kilshii por outra coisa. É só um palpite. Pensei nisso logo que você apareceu no topo do fosso.

Kane Blackmoon ajudou Klah a se sentar e a apoiar as costas sobre a rocha. Klah percebeu o aspecto modificado da floresta, como se muitos espelhos tivessem sido justapostos criando centenas de reflexos, centenas de árvores que não existiam, e disse:

— A entidade é uma ótima ilusionista. Sem a voz de Natah para nos guiar, não conseguiríamos voltar. Até mesmo nossos protetores poderiam se perder nesta floresta de reflexos. Vá. Kilshii está na caverna, apenas siga pelo caminho das goteiras.

6.
A barganha

Kane Blackmoon seguiu pelo caminho indicado pelo xamã. A luz sobrenatural criada pelo feiticeiro *navajo* começava a minguar.

Logo Kane poderia ficar completamente no escuro. O mestiço andava rente a uma das paredes da caverna. Tocava a pedra úmida e áspera a todo instante. Assim, quando tivesse de voltar, conseguiria trilhar o mesmo caminho. Ainda conseguia enxergar a mais de um palmo dos olhos. Sentiu uma coisa roçar em sua bota. Seu sangue gelou nas veias. Parecia algo peludo. Sem dúvida vivo. Continuou em frente e decidiu chamar pelo nome do menino.

— Kilshii! Kilshii! Onde você está?

Kane escutou um choro de criança se confundindo com as águas gotejantes. O caçador de recompensas teve de reunir coragem para seguir, sem enxergar onde pisava e o que teria para enfrentar. Já tinha convicção quase absoluta de que cometia suicídio ao se aprofundar naquela maldita caverna.

O coração do mestiço disparou, fazendo com que ele ficasse parado, estático, quase congelado. Alguns metros a sua frente, enxergou dois enormes olhos com pupilas negras envolvidas por uma íris amarelada, doentia. O amarelo era tão forte que quase brilhava naquele escuro. Kane sentiu a presença da entidade tocando a sua alma. Aqueles olhos estavam no alto da caverna. Habitavam um buraco mais elevado.

Com a incidência daquela luz mórbida, Kane percebeu que havia chegado a um salão repleto de pinturas rupestres. O brilho dos olhos da criatura era capaz de iluminar alguns setores do lugar. Pingava uma água insalubre das estalactites sobre uma série de estalagmites, por onde circulavam ratos negros. Entre eles, repousava ofegante o menino Kilshii. Seus olhinhos estavam abertos. Sofria no meio daqueles roedores imundos.

O primeiro ímpeto de Kane foi correr na direção do menino e tirá-lo de lá. Queria pisar naqueles animais, esmagar todos com as suas botas e empalá-los na lança que empunhava. Contudo, antes que pudesse agir, foi impedido por um guincho horrível que quase o ensurdeceu. Kane prostrou-se de joelhos, deixou a arma cair e colocou as mãos sobre os ouvidos. Alguns ratos o circundaram, uns começaram a cheirá-lo de perto. Kane pretendia olhar para cima e encarar os olhos, mas se surpreendeu ainda mais ao escutar uma voz roçando nos tímpanos como faca.

— Não me olhe. Em meus domínios, exijo respeito, mortal. Eu poderia extirpar a carne dos seus ossos em poucos minutos. Bastaria um comando meu.

Kane achou que poderia enlouquecer naquele momento em que escutava a voz da entidade.

— Perdoe-me.

Desculpar-se pareceu o melhor que poderia fazer naquela situação.

— Assim é melhor. Vejo que você e o velho estão decididos a levar o menino de volta. É isso mesmo o que pretendem?

Por um instante, Kane ficou quieto. Precisava encontrar as palavras corretas. Tentava manter a razão enquanto dialogava com a coisa.

— Sim. Gostaríamos de levá-lo de volta. Ele não pertence a este mundo.

— Eu poderia deixar que ele retornasse.

— Então deixe que ele venha comigo.

— Se você trouxer algo para mim, eu o libertarei sem nenhuma sequela.

— O que você quer?

Kane escutou algo como uma risada que fez tremê-lo dos pés à cabeça. Somente depois da estranha proposta o mestiço saiu da caverna. Voltara sem Kilshii pelo mesmo caminho, na escuridão completa. O caçador de recompensas se sentiu mais seguro, mas não menos tenso, ao ver a luz que vinha de fora da caverna. Assim que saiu, encontrou o xamã desacordado.

Blackmoon observou se o velho ainda respirava. Parecia morto e o coração, se batia, não podia escutá-lo. O meio-índio pegou o xamã no colo, o corpo pesava pouco, e começou a regressar. A entidade havia desfeito a ilusão das árvores iguais, facilitando o retorno de Kane. O mestiço se concentrou em escutar a melodia cantada por Natah. A voz da índia confortava o seu coração, que havia congelado dentro daquele salão doentio. O espírito protetor de Kane sobrevoava ao longe, seguindo o protegido.

Kane Blackmoon praticamente corria com o corpo do xamã nos braços. Queria salvá-lo. Queria que ele pudesse sobreviver. O meio-índio entrou na aldeia dos *navajos* e procurou pela tenda das gêmeas. Continuava vazia, sem a presença alguma de outros viajantes como ele e Klah. Kane colocou o corpo moribundo do velho sobre a manta em que o corpo verdadeiro dele ocupava no mundo superior. Exausto, o mestiço se deitou no mesmo lugar em que acordara antes de iniciar sua primeira expedição àquele estranho mundo. Fechou os olhos na esperança de iniciar uma jornada de retorno. Começou a ser envolvido pelo cansaço e pelo sono. Era como se a energia do seu corpo se desintegrasse para entrar em comunhão com o espaço. Adormeceu antes que pudesse se dar conta de que abandonava aquele plano de existência.

7.
O sacrifício

Kane retornara ao presente, deixando as lembranças para trás. Podia sentir a febre se alastrando pelo corpo. A cada vez que levantava o olhar para verificar se os prisioneiros continuavam comportados em seu lugar, uma gota de suor caía nos olhos, fazendo-os arder. A tontura começava a ficar mais forte. Não sabia se resistiria muito tempo.

O mestiço pegou a galhada do alce que estava ao lado da fogueira. Havia confeccionado com a própria pele do animal uma espécie de chapéu sem abas que o ajudaria a fixar na cabeça o adorno. A coroa pesava. Depois de vesti-la, Kane tossiu propositadamente. Então, escarrou um pouco de sangue no recipiente de pedra onde esmagava a erva.

— Você está doente — disse Frank.

O sangue de Kane não apresentava uma cor normal. Era de um vermelho escuro, quase negro. Era como se os órgãos internos do mestiço estivessem apodrecendo.

— Estou. E não sou o único. Uma tribo inteira de *navajos* deve estar doente a esta altura. Nunca vi doença mais contagiosa e logo será mortal para todos se eu não agir.

— Solte-me agora — ordenou o xerife.

O homem da lei estava visivelmente irritado e a ponto de tentar uma fuga, mesmo com Kane tendo uma arma pronta para atirar.

— Não faça besteira, homem. Após o julgamento, você será libertado.

— Você não passa de um louco doente. Um bruxo que vai queimar no fogo do inferno — disse o xerife cuspindo as palavras.

— Não duvido do castigo que minha alma pode sofrer. No entanto, não posso me preocupar com isso agora. Assim que tudo estiver pronto, o mal que está em mim e nos outros vai se dissolver como fumaça no ar. Minha barganha com um antigo deus deverá funcionar.

— Que barganha? — perguntou o xerife.

Kane misturou com o cabo do revólver a triturada erva negra ao sangue contaminado.

— Um sacrifício — disse Kane.

Franklin levantou rapidamente de onde estava e tentou sair correndo da caverna, mas Kane ainda conseguia ser ágil, mesmo sofrendo com aquela doença estranha. Levantou em tempo de colocar o pé na frente da perna do fugitivo, que acabou caindo. O caçador de recompensas ajoelhou-se sobre as costas do homem e acertou uma pancada com o revólver em sua nuca. O sangue escorreu, tonteando o assassino de crianças.

— Não tente isso novamente, Frank.

Kane pegou as algemas da sacola de pano que deixara em um canto da caverna. Depois, as colocou nos punhos de Franklin e o empurrou para o mesmo local de onde tentara fugir. O homem tinha os olhos marejados. Estava quase chorando.

— O que você pretende, índio? Por que não me solta? — perguntou o xerife com raiva. — Ele é o bandido. Ele é um assassino frio. Eu represento a justiça.

— Tudo o que você diz pode ser verdade. Porém, não sou eu quem decidirá nada aqui. Até completar minha tarefa, não quero ser interrompido. Fiquem calados! Assim que presenciar o que tenho para mostrar, xerife, você poderá seguir seu caminho em liberdade e me deixar em paz. Tudo o que estou fazendo é para um bem maior.

Enquanto Franklin mostrava um medo profundo no olhar, o xerife deixava que o ódio escorresse pelos olhos, dominando as suas feições. Kane sentou-se diante da fogueira, pegou o seu preparado e o jogou no fogo. Em seguida, disse uma série de palavras desconhecidas que não foram compreendidas por nenhum dos dois prisioneiros. O caçador de recompensas, agora mais parecendo um feiticeiro, se lembrava da coisa ensinando como deveria ser a invocação. Cada palavra, acompanhada do vislumbre horrível daquelas gemas amarelas e hipnotizadoras, ficou gravada na memória de Kane como ferro em brasa, tocando-o no mais profundo do seu ser.

Enquanto proferia as palavras mágicas, lembrou-se do momento em que acordara na tenda das gêmeas. Estava deitado e nu, apenas com um pano molhado sobre a testa. Ao olhar para o lado, viu Klah acordado. A alma do homem retornara para o corpo. O xamã sorriu para Kane.

— Que bom vê-lo despertar, amigo. Você conseguiu me trazer de volta, mas o que aconteceu com Kilshii? A vida está por um fio e a alma dele não retornou.

— Vou precisar da sua ajuda para resgatá-lo.

— Diga o que você necessita.

— A entidade conversou comigo. Deu-nos uma chance. Algo que salvará a todos. Se eu não conseguir cumprir a sua exigência, estamos fadados a uma morte sem precedentes em todo o oeste.

Por um momento, Klah ficou sem dizer nada. Sua expressão era de temor e tristeza. Ao olhar para o índio, Kane percebeu que uma de suas pernas fora amputada, a mesma que sofrera com a fratura exposta no mundo inferior. O mestiço teve certeza de que qualquer alma que invadisse aquele plano de existência poderia se ferir e, até mesmo, morrer se algo lhe acontecesse.

As gêmeas também ocupavam a tenda. Shila se levantou de onde estava, ao lado de Natah, e levou uma jarra de água fresca para Kane. O caçador de recompensas agradeceu e bebeu com avidez. Em seguida, solicitou que fosse capturado um animal de grande porte. Klah, prontamente, auxiliado por Shila, foi conversar com o grande chefe, que ordenou a organização de grupos de caça. Naquele mesmo dia, guerreiros deixaram a tribo para cumprir a empreitada.

No retorno de Klah, Kane mencionou que precisava desenhar símbolos místicos no interior de uma caverna. O xamã, com a sua hábil mão esquerda, ensinou como criar imagens com areia, de diversas cores, em cima de um terreno plano. A arte dos *navajos* era magnífica e cheia de segredos. Kane achou que aprendera o suficiente para cumprir a tarefa. Todos os signos representados eram parte da receita de um ritual que abriria uma porta dimensional capaz de deixar a entidade infecciosa invadir o mundo superior. O novo feiticeiro, pupilo de Klah, aprendeu como desenhar os traços básicos dos astros, das estrelas, dos homens, das mulheres, das crianças, dos velhos e da morte à maneira dos *navajos*.

Em menos de vinte e quatro horas, um dos grupos de caçadores teve a grata sorte de pegar um alce. Aquele tipo de ação podia durar dias. O animal acuado defendera-se ferindo um dos homens mortalmente. Mesmo assim, parecia que o deus do sol olhava por eles.

Kane foi escoltado até uma caverna segura. Os índios o deixaram sozinho, conforme orientação do chefe, e com ele o corpo pesado do animal. Blackmoon começou a tarefa nada agradável de pintar a caverna com o sangue do bicho que serviria de oferenda para a entidade. O feiticeiro amador enchera a caverna com os símbolos mágicos ensinados por Klah e indicados por aquele voraz deus antigo.

O pensamento de Kane retornou para o momento em que terminou de dizer as palavras mencionadas pela entidade. No escuro mais profundo da caverna, os três homens puderam ver uma luz roxa, surgindo como uma ferida, abrindo o espaço e o tempo. A luminosidade da fogueira mudou de cor, assumindo a coloração de um verde esmaecido. A fenda arroxeada se abriu mais e mais, revelando em seu interior apenas trevas. Os limites abertos por aquele portal pulsavam como algo vivo. Kane ouviu o xerife perguntar espantado:

— O que é isso?

Kane preferiu não responder. Do portal viria o deus antigo. Então, bem lá no fundo, apareceram os olhos amarelos, doentios e famintos. Mal dava para enxergar o contorno da criatura, grande e cheia de pelos eriçados. A voz maldita começou a retumbar na cabeça dos três homens, provocando dor e desespero. Kane conseguira manter a sanidade, mas não saberia dizer quanto aos outros dois.

— Sou paciente, feiticeiro. Entretanto, já estava achando que você não resistiria à doença. Pelo visto, chegou bem em tempo de realizar o sacrifício.

— Fiz o que você pediu. Trouxe uma oferenda na forma de símbolos sagrados pintados com o sangue de um alce para abrir o portal. O sacrifício também está aqui. No entanto, conforme o combinado, para recebê-lo, entregue antes o espírito de Kilshii.

— Preciso de uma alma escura como a noite.

— Trouxe um assassino de crianças.

— Sim. Ele está aqui. Posso enxergar todo o mal que existe nele. Todos os crimes que cometeu. Vai servir.

A entidade decidiu sair das sombras, se aproximando do limite do portal. Kane e os outros finalmente puderam observar a sua aparência. Era um gigantesco roedor. Em seus pelos pretos viviam milhares de pulgas gordas do tamanho de unhas. Os insetos deixaram o corpo do hospedeiro, revelando buracos em sua pele pútrida. O ar pestilento invadiu as narinas dos três homens.

Os insetos fizeram um serviço voraz. Pularam em direção ao homem de alma negra, o indivíduo que tinha cometido os violentos crimes contra as crianças. O xerife começou a gritar, a espernear e a gemer de dor enquanto era devorado vivo pelas pulgas. Elas sugavam o sangue dele. Não dava para ver como a pele do infrator murchava a cada picada. Os insetos inchavam se deleitando com a refeição. As roupas do xerife viraram farrapos. Somente quando os seus ossos começaram a aparecer as pulgas abandonaram o cadáver.

Horrorizados, Kane e Franklin quase não conseguiam assistir ao evento. As pulgas retornaram para o hospedeiro, que, por sua vez, voltou para as sombras do outro lado do portal. Os olhos do deus-rato ainda podiam ser vistos no momento em que ele se despediu:

— O sacrifício nos satisfez por enquanto. Uma ou duas gerações depois de você, Kane Blackmoon, nós voltaremos. Estávamos apenas sondando o novo continente.

— E quanto a Kilshii? — quis saber Kane.

O rasgo no tempo se fechou. O portal não existia mais. O fogo recuperou o mesmo aspecto de antes, iluminando a caverna de maneira natural. Kane tirou a galhada do alce da cabeça. Ainda sentia um pouco de dor pelo corpo. No entanto, teve certeza de que a febre passara. Ao olhar para as mãos, percebeu que as manchas negras tinham desaparecido. Abriu os botões da camisa e conferiu sob sua axila, não estava mais inchada.

Em seguida, o mestiço pegou um pedaço de madeira e ateou fogo em uma das pontas. Levantou-se, foi até o que sobrara do xerife e o queimou.

— Venha. Vamos sair daqui, Frank.

Franklin, absorto em seus próprios pensamentos, apenas se levantou de onde estava e fez o que Kane ordenou. O novo feiticeiro pegou sua sacola de coisas e jogou a galhada do alce na fogueira. Fora da caverna, Kane utilizou a chave das algemas para libertar o prisioneiro.

— Você está livre, Frank. O deus-rato julgou o culpado. Tinha convicção de que era você. Enganei-me. Desculpe-me por isso.

— Não fosse por você, a essa altura, eu estaria com o pescoço quebrado. Não posso reclamar.

— Tivemos sorte de que o criminoso era o xerife. Se fosse outro, o meu ritual não se completaria.

— Eu devia ter desconfiado — Franklin massageou os pulsos.

— Todas as pessoas têm direito a um julgamento. Não convocar um juiz era um ato de desespero do xerife. Ele queria um culpado para colocar no lugar dele.

— Dê muito poder a uma pessoa e verá o que ela é capaz de fazer. Vamos embora daqui. Certamente uma comitiva de homens da lei já está a nossa procura.

— Não tenho para onde ir. Posso acompanhar você?

— Preciso retornar para a tribo dos *navajos*. Quero saber como eles estão. Não sei se vão permitir sua entrada.

— Depois do que fizeram comigo, não quero saber de voltar para nenhuma cidade. Posso viver entre os índios se eles permitirem.

— O risco é por sua conta. Suba logo naquele cavalo.

Kane e Franklin cavalgaram rumo ao território dos *navajos*. O novo feiticeiro queria acreditar que a alma de Kilshii retornara saudável para viver a sua vida no mundo superior. O primeiro bom sinal de que o deus-rato cumprira com a sua palavra se manifestava. Os sintomas da doença desapareceram completamente. No entanto, após o ritual, Kane sentiu algo estranho e sutil. Era como se tivesse perdido vitalidade. A feitiçaria sugava um pouco de sua juventude. Cobrava um preço alto pela sua utilização. Blackmoon sabia que precisava descansar o quanto antes para recuperar suas forças.

O caçador de recompensas torcia para que toda a tribo tivesse se livrado daquela doença mortal. Para acreditar nisso, precisava verificar com os próprios olhos que a pestilência emanada pela entidade do mundo inferior havia se dissipado. A experiência daqueles dias ficaria gravada na memória de Kane. Em especial, a horrível cena das pulgas gigantes sugando o xerife até a morte.

PROCURADO

1.
A partida

Após passar um tempo com os índios *navajos*, Kane decidiu que já era hora de partir. Na tribo circulava a informação de que o caçador de recompensas se tornara a caça. Havia uma recompensa por ele depois de ter livrado da forca um assassino, raptado o xerife e acertado com um tiro a perna de um dos seus assistentes. Por sorte, o cartaz de procurado ainda não incluía o seu nome, mas como um dos índios relatara, o retrato falado tinha ficado bem semelhante a ele. Se algum homem da lei ou caçador o encontrasse, mesmo que por acaso, poderia associá-lo ao desenho. A relação dos *navajos* com os americanos não era ruim. Eles tinham negócios comerciais, diferente dos mexicanos com os quais viviam mantendo animosidades.

No território dos indígenas, Blackmoon era respeitado e ali estava a salvo. Nenhum dos índios parecia disposto a delatar a sua presença. No entanto, mais cedo ou mais tarde, algum homem branco se aproximaria da tribo questionando se conheciam o procurado. Essa investigação se daria também para descobrir onde Frank teria se escondido. O cartaz com o rosto desenhado do ferreiro continha o seu nome e uma ótima recompensa. Kane acreditava que, quando fosse embora, Franklin não teria o mesmo respaldo. O homem tinha sido admitido na tribo apenas pela forte influência de Blackmoon. Assim, o novo feiticeiro sugeriu para Frank que o acompanhasse.

O caçador de recompensas não queria trazer encrenca para os amigos ou mesmo contribuir para uma guerra. Ele já salvara os índios da voracidade pestilenta do deus-rato e aprendera outras artimanhas mágicas com Klah. Precisava partir, era o que dizia para todos. Kilshii o idolatrava, seguindo-o por qualquer lugar em que transitasse. Até o filho do chefe da tribo, o mesmo que um dia o aprisionara, havia se tornado bom amigo do mestiço. Shila parecia gostar de Kane mais do que qualquer pessoa. Ele também percebera que havia um interesse velado de Natah. Aceitar qualquer uma das duas como sua consorte seria como separá-las. Talvez isso fizesse germinar uma inimizade entre as irmãs. Kane não desejava isso. Desde que decidira permanecer na tribo, por alguns dias, sempre soube que em algum momento deixaria aquelas terras paradisíacas localizadas no meio do deserto. Era um sujeito inquieto e não se sentia muito confortável vivendo no mesmo espaço durante muito tempo.

Klah presenteou Kane antes de sua partida: uma machadinha consagrada, com uma pena de águia amarrada no cabo. O xamã contara que, na época de sua juventude, pegara a pena no ninho da ave, no alto da montanha sagrada, no mundo superior dos totens espirituais. Sua vida estava por um fio naquela existência, por isso tinha de deixá-la como herança para alguém. Via em Kane um valoroso pupilo para guardá-la e passar adiante quando fosse a hora. Blackmoon agradeceu com sinceridade. Era como se o velho xamã o tivesse adotado como um filho.

Depois que Klah se despediu, Shila lhe deu um caloroso e forte abraço. Lágrimas escorreram dos olhos da gêmea. Kane as secou carinhosamente. Kilshii estava agarrado em uma das pernas do sujeito que o salvara do mundo inferior. Shila teve de abraçar o menino e pedir para que ele soltasse o ídolo. Antes que o meio-índio pudesse subir na sela do cavalo, Natah tocou em seu ombro e o beijou no rosto. O chefe da tribo e o seu filho acenaram de longe para o caçador de recompensas, que não olhou para trás.

Kane sentia os olhos de todos sobre ele, tinha sido feliz durante as poucas semanas que passara naquela tribo *navajo*. Sua experiência aumentava de maneira gradativa. Começava a se tornar um sujeito melhor, menos azedo em relação às pessoas, menos vil. Pessoas podiam amá-lo e ele passou a ter a mesma capacidade. Seu coração e sua alma estavam se tornando mais leves.

Mas não era somente uma mudança interna. Na prática, conforme o tempo passava, Kane conhecia as línguas indígenas e alguns de seus mistérios. Um dia, se quisesse descansar de suas andanças, poderia trabalhar como intérprete e aposentar as suas armas de fogo. Seria uma boa escolha para um ancião. No entanto, precisava sobreviver e aquelas terras repletas de conflitos, desigualdades de direitos em termos econômicos e raciais não facilitavam a sua ideia de viver até a velhice.

Frank seguia Kane de perto em um cavalo malhado. Na última hora, o ferreiro aceitara o conselho de Blackmoon para acompanhá-lo. Se ficasse na tribo, talvez sua sorte não fosse melhor do que ir para a forca novamente. Não que os índios estivessem dispostos a entregá-lo. Porém, o respeito que tinham com ele não chegava perto daquele que nutriam por Kane. Em algum momento, se sentissem que a segurança dos seus filhos estava em jogo, acabariam delatando o homem branco que ainda não havia feito nenhum ritual de passagem para se tornar um verdadeiro membro da tribo.

— Para onde vamos? — perguntou Frank.

— Não tenho rumo certo, amigo. Talvez possamos seguir para o sul. O que acha?

— Vamos para onde você achar melhor.

2.
O coiote

Kane e Frank viajavam apreciando a paisagem selvagem da região. Pareciam sem rumo certo, apesar de Kane sugerir que podiam se aproximar da fronteira com o México. Blackmoon pretendia procurar por um emprego qualquer para mudar a rotina. Talvez fosse cuidar de bois e vacas. Não era má ideia atuar durante algum tempo como *cowboy*, aprendendo a lida do campo. Quanto a Frank, sabia que o homem entendia da profissão de ferreiro, mas que seria arriscado permanecer em terras ocupadas por americanos. Era bem provável que sua melhor escolha fosse partir em definitivo para o México.

Foi mais ou menos ao entardecer que o mestiço enxergou um coiote. O canídeo caminhava sorrateiramente longe da dupla. Tentava se ocultar entre a vegetação baixa. Blackmoon procurou por outros animais da mesma espécie. Todavia, o coiote estava só.

— Dê uma olhada para a sua esquerda, Frank — disse Kane. — Não seja brusco, não quero que ele saiba que já o vi.

Frank olhou para o campo.

— Então? — perguntou Blackmoon.

— Não vi nada além do mato e das árvores. Alguém está nos seguindo? — Frank voltou a olhar para frente depois de falar sussurrando, com medo de que alguém pudesse ouvi-lo.

— Sim — disse Kane em tom baixo.

— Vamos fugir?

Frank pensava em botar os cavalos para correr.

— Não. Não é uma pessoa que nos segue. Creio que seja um espírito protetor. Já estou me acostumando com eles.

— Ele é perigoso?

— Ainda não sei. O último que encontrei queria ser visto. Este está tentando se esconder.

Antes do cair da noite, a dupla montou um acampamento. Prepararam uma pequena fogueira e se alimentaram de carne salgada que trouxeram consigo, fornecida pelos *navajos*. Estenderam os seus cobertores para dormir até o surgimento dos primeiros raios do sol.

Blackmoon adormeceu. Teve um sonho estranho. Talvez fosse algum tipo de premonição que ainda não sabia como interpretar. Era noite. A lua cheia iluminava o deserto frio à noite. O mestiço caminhava sem destino com uma dor que latejava em seu peito. Procurou pelo seu espírito protetor, o corvo, entretanto, não o encontrou. Resolveu olhar para trás e enxergou um coiote. O animal estava cheirando algo deixado no chão. Em seguida, começou a morder a coisa. Kane tocou o coldre e pegou o seu revólver. Resolveu se aproximar para enxergar melhor o que o canídeo mastigava. A boca cheia de sangue e dentes afiados se banqueteava com um coração pulsante, ainda vivo. O mestiço intuitivamente levou a mão livre até o peito. Logo percebeu que havia um buraco e dele escorria sangue aos borbotões. Verificou que faltava alguma coisa... Teve vontade de gritar, porém o horror o emudecera. Apontou para o coiote e disparou. As balas passaram pelo espírito, chocando-se contra a terra. O coiote olhou em sua direção e rosnou. Bem no fundo dos olhos do bicho, Kane pôde ver um rosto conhecido de pele-vermelha o encarando com sarcasmo.

O mestiço acordou sobressaltado, com o sol começando a amanhecer no leste. Seu coração batia de forma intensa. Aliviado por saber que o órgão continuava no lugar de sempre, olhou para todos os lados à procura do coiote. Não o encontrou. Kane sabia que havia visto um homem no fundo daquela alma animal. Talvez o conhecesse, mas não conseguia se lembrar de onde. Pegou o cantil que deixara do lado de seu cobertor e tomou um gole de água para se acalmar. Um novo dia começava. Acordou Frank e disse que deveriam retomar a caminhada.

Antes do final da tarde, chegaram a um grupamento de pequenas torres de pedra que pareciam empilhadas por algum gigante caprichoso. Naquele dia, Kane não enxergara o coiote. Talvez o totem tivesse desistido dele ou então se camuflara melhor ao ambiente. Frank avisou Kane que avistara, no horizonte, um carroção se aproximando. Deviam ser colonos, palpitou o ferreiro, que tinha uma visão bem aguçada. Kane ficou em alerta, contudo, tentou não se preocupar em demasia. Nem todas as pessoas que encontrassem pelo caminho seriam caçadores ou homens da lei. Kane e Frank se instalaram diante da entrada de uma ravina com menos de dez metros de altura. As paredes formadas por rochas apresentavam rugosidades e proeminências.

Dessa vez não fariam a fogueira, talvez os viajantes passassem ao longe e nem mesmo percebessem a presença da dupla se não houvesse fumaça. O tempo foi passando e o carroção, ficando mais claro para os companheiros. Tinham a impressão de que passaria muito perto de onde estavam. O transporte era puxado por quatro cavalos e tripulado por dois homens. Um deles manipulava as rédeas. Quando estacaram a uns dez metros da entrada da ravina, Kane decidiu se levantar. Estava sentado sobre um cobertor e encostado na rocha ainda morna pela ação do sol. Frank o acompanhou, tendo um pressentimento ruim sobre a situação que se avizinhava.

O condutor era um índio. Ele puxou as rédeas e, assim que a carroça parou, saltou para o chão. Ao lado dele havia outro índio.

— Seguimos o seu rastro, Kane. Desde a tribo dos nossos pais.

O jovem *navajo* se chamava Altsoba. Kane o conhecia. Nunca tinham trocado qualquer palavra antes.

— O que aconteceu? — Kane se preocupou com os *navajos*.

— Os brancos prenderam algumas de nossas mulheres e crianças e exigem que você e o ferreiro se entreguem à justiça.

— Como eles puderam descobrir que estávamos lá? Não é possível. Ninguém nos entregaria.

O mestiço sentia a responsabilidade pesando sobre os seus ombros. Sua expressão de desânimo ficara escancarada. Frank estava boquiaberto. Não queria ser preso outra vez. Kane olhou para o ferreiro e sentenciou:

— Nós temos de voltar.

— Como? Não! Não podemos. Eles vão nos enforcar.

Os dois *navajos* observavam a conversa, aguardando uma decisão.

— Não iremos nos entregar. Vamos resgatar os prisioneiros.

— É impossível...

— Vou mobilizar os *navajos* e invadiremos a cidade.

Kane ouviu o grasnar de um corvo. Olhou para cima e viu o pássaro dar um voo rasante na direção de Altsoba, que o afastou com o braço, berrando um impropério para o animal de penas. O mestiço mudou a expressão em seu rosto e perguntou:

— Como você consegue vê-lo?

Altsoba hesitou um segundo para responder:

— Eu... Eu sou como Shila. Posso ver espíritos.

— Você pode ser sensitivo como Shila ou, então, ser um feiticeiro.

Kane sacou o Colt do coldre e mirou o corpo do índio. Altsoba se abaixou na hora exata. A bala rasgou o ar e foi acertar o índio que ficara sobre o banco da carroça, com as rédeas nas mãos. Acertou em cheio o seu rosto, abaixo do olho, desfigurando-o quase completamente. O corpo despencou do veículo, se estatelando no chão. Kane não demorou a entender o que ocorria. Aquilo era uma emboscada.

Blackmoon lembrou da primeira conversa que teve com Natah. A sensitiva dissera que feiticeiros rivais podiam se interessar em devorar o seu coração, com o objetivo de roubar a capacidade sobrenatural que adquirira com o passar do tempo. Kane já tinha visto que Altsoba rondava com insistência a tenda de Klah. Porém, não dera tanta importância para isso. Não pensava que o *navajo* poderia tramar algo contra alguém da tribo ou um protegido. Concluiu que o índio era inofensivo, mesmo depois da conversa que tivera com Klah. O xamã contara para Kane que Altsoba fora seu aprendiz. Mas que desistira de passar qualquer conhecimento arcano para ele em uma noite na qual tivera um pesadelo com o índio. Uma imagem que revelava o interior de sua alma vazia como o nada.

Para Blackmoon, Altsoba parecia conformado com a situação. Todavia, era como se uma cortina escura tivesse sido aberta permitindo a passagem da luminosidade do sol. Kane tinha certeza de que o *navajo* estava ali para se vingar. Afinal, o mestiço recebera todos os conselhos possíveis do velho xamã, mesmo sendo de fora da tribo, enquanto o jovem fora deixado de lado. Kane recebera até mesmo um presente sagrado. Isso deveria ferir profundamente a alma do jovem preterido.

O tiro disparado pelo mestiço assustou os cavalos, que empinaram relinchando. Blackmoon enxergou uma parte da lona da carroça ser deslocada. Lá dentro um homem, pele branca, barba rala, roupas empoeiradas, carregava um rifle. Antes que o sujeito apertasse o gatilho, os cavalos correram. Mesmo desequilibrado, atirou para acertar o peito de Kane, no entanto, a bala acabou atingindo o paredão rochoso.

Kane Blackmoon correu na direção da fenda na ravina, seguido por Frank. Quando olharam para trás, avistaram Altsoba se recompondo e quatro homens na carroça, o fundo do transporte não tinha mais nenhuma lona para ocultá-los. Estavam com rifles e revólveres em mãos, porém não conseguiam se equilibrar para disparar, surpreendidos pelo súbito arranque do veículo. Altsoba não só queria acabar com Kane, como se aliara aos homens da cidade que o procuravam. Mesmo de longe, o mestiço reconheceu o auxiliar do xerife que ele havia baleado na perna no mesmo dia em que salvara Frank da forca. Seu olhar era de alguém que procurava vingança.

Por precaução, Kane não largara o seu cinto antes de ver o carroção passar. Frank fizera o mesmo, tinha um revólver no coldre, mas não era um bom atirador, ao menos o ferreiro contava que não acertava uma lata sobre um poste a cinco metros de distância.

— Você não pode espantá-los com a feitiçaria que aprendeu com o velho Klah? — perguntou Frank quase sem fôlego.

— Se fosse assim tão fácil eu já teria feito. Para realizar qualquer feitiço, preciso de ingredientes, de preparação, de tempo e, às vezes, de sacrifícios. Por enquanto, teremos de nos contentar com nossos revólveres.

— Esqueça o que eu falei.

Os dois escutaram as vozes dos perseguidores em seu encalço. Por onde estavam correndo, sem conhecer a região, Kane e Frank podiam acabar encurralados. A passagem se tornou um pouco mais ampla, os dois passaram a correr lado a lado. Lá em cima os raios do sol começavam a diminuir. A dupla de fugitivos chegou a uma espécie de salão na ravina, um espaço oval com muitas rochas e pedregulhos. Tudo o que poderiam fazer era se esconder e aguardar pelos caçadores de recompensa. Abrigaram-se atrás das maiores rochas. Kane e Frank se sentiram presos em uma ratoeira. Não conseguiriam fugir dali. A única saída era pelo mesmo lugar que tinham entrado. Não dava para escalar aquelas paredes de quinze metros de altura. Eram lisas como roupas passadas a ferro quente.

Blackmoon sentiu um bafo quente atrás de sua orelha. Ouviu um rosnar que o surpreendeu. Ao se virar para encarar a coisa, viu o coiote, protetor de Altsoba. Os dentes do bicho quase saltavam das gengivas. Por reflexo, com o braço esquerdo, Kane conseguiu evitar que o animal o mordesse no pescoço. Mas acabou tendo seu punho preso e dentes cravados em sua pele. Já no chão, Kane deu um tiro que trespassou o corpo do inimigo. Em vez de saltar sangue de um buraco na carne, aquele ponto do corpo se esfumaçou revelando sua essência etérea. As fortes mandíbulas largaram, finalmente, o novo feiticeiro.

— Eles estão aqui — gritou Frank.

O tiroteio começou entre os caçadores de recompensa e o ferreiro. Kane ainda tentava se livrar do coiote. Para qualquer outra pessoa, aquele animal não passaria de um fantasma. No entanto, ao enfrentar o mestiço, conseguia ser também de carne e osso. Blackmoon, desde que conhecera Sunset Bison e começara a ter encontros inesperados com criaturas sobrenaturais, sempre deixava o tambor de uma de suas armas carregado com balas de prata. Esta arma ficava no coldre no lado esquerdo da cintura. Deitado de costas, conseguiu pegar o revólver com o braço esquerdo ferido. Antes que o coiote atacasse sua jugular, Kane o acertou no pescoço com um balaço prateado. A criatura começou a sumir diante dos seus olhos com um uivo. Não pôde ter certeza se a matara, mas parecia que tinha se livrado dela por algum tempo. Kane se recompôs do breve, mas perigoso, embate.

Protegido por uma grande rocha, o mestiço posicionou-se de maneira que pudesse espreitar os arredores. Observou que na entrada do salão um homem estava caído, fora baleado por Frank. Talvez seu primeiro e único tiro certeiro. Três dos outros perseguidores permaneciam abrigados atrás de rochas. Kane olhou para o lado para conferir como estava o amigo. O semblante de Frank era tenso, contudo, o ferreiro acenou em um gesto de que suportava bem a situação. Não parecia contente por ter tirado a vida de um homem. Kane circundou a rocha em que se escondia e, pelo outro lado, visualizou a ponta de um chapéu. Disparou sem hesitar. Ouviu-se um grito e, em seguida, o silêncio. Kane matara um deles.

Em resposta, um disparo veio em sua direção e ricocheteou na rocha. O mestiço se abaixou e se movimentou para trás de uma estreita coluna de pedra. Não podia se mexer demais, pois ficaria vulnerável. Tomou fôlego e se jogou rolando até uma pedra maior, que lhe daria proteção mais adequada. Do novo refúgio, Kane ainda podia avistar Frank e fez um gesto para que o ferreiro não se movesse. O pistoleiro era experiente e acreditava que daria conta dos que haviam sobrado. Blackmoon pegou do bolso um pequeno espelho e, com o objeto, sem expor a cabeça, observou o cenário. No extremo oposto, só enxergava rochas maiores que ocultavam os inimigos. Porém, logo reparou o chapéu de um dos homens sair cautelosamente do esconderijo. O mestiço esperou e pôde perceber que eles não eram bobos. Viu que o homem elevava o chapéu com uma das mãos, apenas para atrair a atenção. Kane, por sua vez, jogou um pedregulho à direita de onde estava e o barulho fez com que o outro homem se erguesse, revelando sua posição, enquanto o companheiro abanava o chapéu. O que se levantou disparou mais de um tiro. Blackmoon contornou a pedra e, ajoelhado, apertou o gatilho do Colt. Acertou a barriga do sujeito, que se curvou no chão, ficando vulnerável. O mestiço preferia poupar aquela vida, mas se o fizesse não teria trégua; assim que o outro tivesse oportunidade, revidaria com chumbo. Então, apertou o gatilho, matando aquele caçador de recompensa.

Kane retornou para o seu refúgio e certificou-se do lugar onde Frank aguardava. O ferreiro tinha os músculos retesados e segurava o revólver contra o peito, apontando para o alto. E foi do alto que veio uma seta veloz e certeira. Blackmoon a viu atravessar, de cima para baixo, o peito de Franklin. O mestiço se posicionou melhor para verificar de que ponto viera a flecha. Altsoba carregava um arco. Kane, por um momento, se esquecera do *navajo*. Não imaginou que o feiticeiro pudesse escalar com tanta rapidez o exterior da ravina ou até mesmo que conhecesse algum caminho que o levasse até o topo.

Altsoba não endereçara aquela flecha para Blackmoon, pois no ângulo em que se encontrava em relação a ele, não poderia atingi-lo. O *navajo* então decidiu não poupar o ferreiro. Pelo visto também havia nutrido ódio por ele. Além de tudo, Kane possuía proteção. Mais uma vez, o corvo, que sempre estava por perto, voou sobre a cabeça do inimigo, que se desequilibrou. Aquele instante de desatenção serviu para Kane como uma oportunidade única. O mestiço disparou e acertou na coxa do índio, que, ao sentir dor, dobrou a perna e caiu da beirada da ravina.

De trás de uma das rochas, um homem sem chapéu apareceu. Era o auxiliar do xerife. Ele mancava na direção de Kane quando atirou. A bala acertou de raspão a rocha que protegia o mestiço e deslizou, acertando-o na altura da cintura. Kane sentiu o impacto da bala e caiu. Com a queda do *navajo*, o auxiliar do xerife achou que pegaria Blackmoon de surpresa. No entanto, mesmo com o mestiço no chão, o ataque fora suicida. O homem branco não tinha mais onde se esconder. Com o cotovelo apoiado na terra pedregosa, Kane disparou duas vezes contra o sujeito, antes que ele pudesse atirar novamente. As balas perfuraram o peito, fazendo sangue espirrar.

Kane levantou com dificuldade. Botou a mão no cinto e constatou que a fivela o salvara. A bala perdera a força do impacto, ficando cravada no grosso metal. Blackmoon se aproximou de Frank. Tocou em seu pescoço. O ferreiro morrera, os olhos vítreos paralisaram com a perda da vida. O Oeste era cruel. Mal ele havia escapado da forca, sem ser culpado de qualquer coisa que o acusavam, e agora jazia morto por uma flecha.

Altsoba agonizava. O jovem com pretensões de ser um grande feiticeiro estava cuspindo sangue pela boca. Seu corpo estava estirado em uma posição estranha, revelando ossos quebrados.

Kane se agachou, ficando próximo de Altsoba.

— Veja o que aconteceu, feiticeiro? Valeu a pena?

O jovem *navajo* mexeu o braço e pegou uma adaga que deixava na cintura. Kane acompanhou o lento movimento do índio, contudo não se preocupou. Seu inimigo não tinha forças.

Altsoba ergueu o que pôde o braço e deixou sem forças a ponta da adaga fincar o peito. Kane não esperava por aquele gesto.

— O destino foi ingrato comigo.

Enquanto dizia suas últimas palavras, o sangue que vinha pela garganta quase o sufocava.

— Eu queria o seu coração. Queria roubar o corvo para mim.

— Se você tivesse se esforçado, talvez Klah o treinasse novamente.

— O velho é um fraco...

Altsoba tossiu mais sangue.

— Não deixe o espírito do meu totem desaparecer comigo...

Kane não entendeu o que ele queria dizer com aquela frase. Compreenderia mais tarde. Os olhos do feiticeiro perderam o brilho e as pálpebras foram se fechando lentamente. Blackmoon se levantou e deu as costas para o corpo do feiticeiro. Foi investigar os corpos dos outros mortos. Quatro homens, um deles com insígnia de xerife. A lambança fora grande. Agora seria procurado por todo o Oeste. Ainda sem saber o que fazer para melhorar sua situação, escutou um barulho às suas costas. Quando olhou para trás, deparou com o corvo bicando o peito de Altsoba. Kane se aproximou do espírito e o afugentou. O totem do corvo voou e, em seguida, retornou para cima da carne morta do feiticeiro. Blackmoon tentou afastá-lo novamente, espanando com os braços. Mas a ave levantava voo e retornava de forma incisiva e insistente. Talvez o espírito estivesse com fome, concluía Kane, mesmo sem saber se isso era possível.

O mestiço presenciou o corvo bicar mais algumas vezes até rasgar a carne e afastar uma costela, revelando o coração de Altsoba. Kane observava absorto. O corvo não comeu o órgão paralisado pela morte, apenas ficou fitando o seu protegido. Não era preciso que a ave falasse para que o mestiço compreendesse sua sugestão.

Kane era um homem meio-branco e meio-índio. Os brancos carregavam a civilização por todas as terras que colonizavam. Blackmoon não percebia benefícios em ser civilizado. Os homens-brancos, além de serem cruéis e conquistadores, deixavam os índios de lado, não os consideravam como parte da sociedade. Tratavam os índios como meros animais. Criaturas que deveriam viver longe da civilização, em locais fiscalizados pelo próprio governo americano. Afirmavam que os índios eram selvagens. Contudo, Kane conhecia índios pacificadores, amantes da natureza e sábios. O mestiço era um misto daqueles dois mundos. Vivia na fronteira dos discursos que se criavam sobre as culturas e as sociedades. Apenas fez o que um feiticeiro deveria fazer. Empunhou a faca de Altsoba e, ajoelhado, retirou o coração do peito do falecido. Sem prazer e sem nenhum arrependimento, mordeu o primeiro pedaço. Não se sentiu nem mais, nem menos civilizado ou selvagem. Continuou até o fim, sabendo que o caminho que escolhera não permitia volta.

Ao terminar o ato canibal, realizou uma prece em *navajo* pela alma de Altsoba. Agradeceu pela força espiritual que emanara do jovem feiticeiro diretamente para ele. Na noite que se agigantou sobre o dia, Kane não dormiu. Precisava se organizar. Queria se livrar de novas perseguições que poderiam conduzi-lo para a forca.

A primeira providência após ter o plano arquitetado em mente foi enterrar Altsoba. As outras consistiram em carregar corpos.

3.
A recompensa

O carroção se aproximava da cidade. Kane já havia passado pela mesma árvore em que a população tentara enforcar Franklin. O mestiço batia com força nas rédeas, pois queria se livrar logo do fardo. Quando se aproximou das casas, parou o veículo e perguntou onde ficava a delegacia. Uma mulher e uma criança apontaram para o mesmo lado e informaram que ficava ali perto.

Kane Blackmoon mantinha o sangue frio. Se o plano que arquitetara falhasse, veria o sol nascer entre as grades de uma prisão. Estacionou diante da delegacia e desceu. Sem delongas, entrou na casa de madeira. Dois homens estavam lá dentro, sentados em cadeiras atrás de suas mesas. O interior do lugar era amplo. No fundo dava para ver uma cela, com um homem dormindo em uma cama estreita. O cheiro de álcool exalava pelo ar.

— Você é o xerife? — Kane perguntou para o homem que tinha uma insígnia bem visível presa à camisa.

— Sou eu. E você quem é?

— Meu nome é Kane. Vim receber uma recompensa.

— Presumo que o bandido esteja morto, pois não está com você.

— Sim. Os dois estão mortos.

— Dois de uma vez? Ele é bom, hein, Sam? — O xerife falou rindo.

— Deve ser, chefe. — O outro sujeito riu também, em tom de deboche.

— São esses dois. — Kane tirou do bolso dois cartazes das calças largas que usava.

O xerife olhou e levantou da cadeira com almofada.

— São eles, Sam! — O xerife nem bem mostrou os cartazes para o auxiliar e bateu nas folhas como se pudesse esbofetear os dois bandidos.

— Quem?

— O ferreiro e o índio que o libertou da forca.

O auxiliar também se levantou do assento.

— Onde eles estão? — perguntou o xerife.

— Você pagará a recompensa?

— Lógico. Somos a lei, rapaz.

— Já aviso. O que vocês vão ver não é agradável. Eu vinha na pista destes dois quando começou um tiroteio. Fogo cruzado em uma ravina. Além dos dois procurados, mais quatro pessoas morreram. Quatro americanos, infelizmente — Kane dissimulou compaixão. — Um deles carregava uma insígnia como a sua. — O mestiço apontou para o peito do xerife. — Deixei os corpos no carroção que utilizavam.

Os três saíram da delegacia. Kane os levou até o fundo do transporte e mostrou os corpos.

— Este é o corpo de Franklin, o assassino de crianças.

Kane achava que eles estavam tão ansiosos para pôr a mão em Frank que não se importariam de analisar o corpo e descobrir que o homem havia sido morto por uma flecha e não pela bala de um dos seus caçadores de recompensas.

— É o ferreiro, sem dúvida — disse o xerife.

— Este outro que está desfigurado é o índio sem nome, não identificado, que o salvou da forca.

O *navajo* que fora acertado no rosto tinha o porte parecido com o de Kane. Com o rosto deformado pelo balaço não dava para ter certeza se era ou não o procurado. Apresentava o mesmo tipo de cabelo retratado no cartaz. Para colaborar com a sua artimanha, Kane trocou de roupa com o *navajo* e resolveu cortar os próprios cabelos. Agora estavam curtos. Se tivesse de se olhar em um espelho, não reconheceria a si mesmo.

— Sam, chame a mãe da menina. Ela poderá identificar o cúmplice do ferreiro.

— Sim, chefe.

Sam saiu correndo dali. Kane ficou apreensivo. Não queria topar com a mãe da menina que fora morta pelo antigo xerife da cidade. Ela poderia reconhecê-lo.

— Os outros mortos não sei quem são — disse Kane.

— Sagrada Senhora Mãe de Deus — disse o xerife. — Por isso meu auxiliar não aparecia desde ontem. Estes outros eram moradores da cidade.

— Bem... Fiz minha parte. Trouxe estes bandidos para você. Eles eram bem selvagens mesmo. Preciso ir andando.

— Posso pagar pelo ferreiro. Para receber pelo outro, temos de esperar que uma testemunha o identifique.

— Tudo bem. Até quando tenho de esperar?

— Até que a testemunhe chegue.

— Tem algum *saloon* por aqui? Estou com sede.

— É só seguir nesta rua — o xerife indicou.

— Quando posso retornar?

— Beba por minha conta. Estes bandidos de merda valem mais do que está informado no cartaz. Assim que a mulher fizer o reconhecimento, eu mesmo levo o dinheiro para você.

— Está certo. Aguardarei.

Kane poderia fugir da cidade naquele instante, mas isso somente faria que algum tipo de desconfiança pairasse na cabeça do xerife. Um caçador de recompensa não perderia a oportunidade de colocar as mãos no dinheiro que se tornava seu por direito. Se a mãe da menina resolvesse dizer que o índio morto não era cúmplice de Frank, as coisas complicariam. Esse era um risco que o novo feiticeiro não tinha previsto e agora precisava enfrentar.

Blackmoon entrou no *saloon*, pediu uma garrafa de uísque e uma refeição. O olhar do *barman* era de receio ao estranho. Kane vestia calças e sapatos de índio e por cima de tudo um longo poncho que podia ser algo feito por mexicanos. Kane não demorou em dizer que a conta seria paga pelo xerife. O indivíduo, contrariado em atendê-lo, não sabia se estava tratando com um índio ou um branco e em mestiços não se podia confiar. O caçador de recompensas colocou o chapéu sobre a mesa e sentiu falta de seus cabelos compridos. Pediu pressa ao homem, pois estava com fome. O *barman* aborrecido decidiu servi-lo. Em seu íntimo, torcia para que o forasteiro fosse enviado do xerife e estivesse dizendo a verdade. O sujeito não queria encrenca com nenhum bandido.

Menos de duas horas depois, o homem da lei entrou no bar e sentou com Kane, pedindo uma dose para o atendente. Com a voz séria, disse:

— Quando a mãe da menina chegou, não parou de chorar. Deu socos no corpo do ferreiro e do índio. Disse que nunca se esqueceria de como eram aqueles homens sórdidos. Comentou que Franklin tinha emagrecido. Quem o conhecia não teria dificuldade em reparar nisso. Quanto ao cúmplice, falou que não mudara nada. Aqueles cabelos compridos de demônio e as roupas eram as mesmas do dia em que libertara o assassino de sua filhinha. Lastimável.

O xerife emborcou o copo e entregou dois sacos cheios de dinheiro para Kane. O mestiço falou:

— Levarei apenas um. O outro fica para a família dos homens mortos que caçaram estes bandidos repugnantes.

O pistoleiro levantou do assento e, antes que partisse, o xerife o indagou:

— Qual o seu nome?

— Kane. Kane Blackmoon.

— Você sempre será bem-vindo em nossa cidade, Kane!

— Obrigado, xerife!

Blackmoon recuperara o seu posto profissional tornando-se novamente o caçador. Abandonara a condição de homem procurado pela lei. Despediu-se do xerife e deixou a cidade, caminhando a passos largos. Havia amarrado seu cavalo em um lugar tranquilo e fresco, longe dali. Com o canto dos olhos, teve a impressão de que estava sendo observado. Achou que era um coiote, mas não teve certeza, pois sumiu entre a vegetação. O mestiço subiu na sela e partiu sem direção. Apenas desejava desfrutar de novos ares.

SOB OS AUSPÍCIOS DO CORVO

1.
Rancho

O final da tarde se aproximava. O pôr do sol naquela região desértica do Oeste sempre deixava Kane Blackmoon saudoso. Costumava lembrar-se com carinho das pessoas que conhecera por aqueles territórios inóspitos. Por mais breve que tenha sido a participação de Sunset Bison em sua vida, fora marcante. Em poucas horas, o homem lhe proporcionara valiosos conhecimentos. Não conseguia esquecer que a morte dele tinha sido culpa sua, decorrida da ganância por uma recompensa. Kane ainda guardava o pote de cerâmica com o demônio aprisionado há cerca de um ano. Hoje sabia que existiam coisas mais importantes do que o dinheiro.

Logo apareceu em sua mente outro rosto de um xamã, Klah. O índio o ensinara a arte de desenhar com areia e símbolos poderosos que podiam ajudar na realização de feitiços. Tinha sido um ótimo mestre. No entanto, Kane queria paz de espírito. Sempre que utilizava magia, sentia suas forças sendo sugadas. Na maior parte das vezes, ficava exausto. Demorava para se recuperar. Chegar àquele rancho e usufruir dias de quietude deixavam-no leve. A serenidade ajudava-o a esquecer da experiência de devorar o coração de Altsoba. Aquela não fora uma tarefa simples. O canibalismo o estigmatizaria por toda a vida. Sentia-se sempre na fronteira entre o sobrenatural e o real. Não sabia se algum dia conseguiria ter uma vida normal. Mas precisava tentar.

Dos tempos com os *navajos*, sentia mesmo falta de Shila. Achava que poderiam ter formado uma bela família. Apesar disso, Kane preferiu seguir sozinho o seu caminho. Às vezes, se arrependia. Mas sua sorte parecia ter mudado. Conhecer Lisa o empolgara a ponto de criar raízes. Isso ajudaria a sepultar o passado recente que costumava atormentá-lo. Talvez, até mesmo a morte de sua mãe, que permanecia em seu coração como uma profunda tristeza, pudesse ser amenizada.

O mestiço tentou deixar as lembranças para trás. Por isso, parou de admirar a paisagem. Precisava terminar o seu trabalho antes de escurecer. Já estava atrasado em reunir o gado quando escutou a voz amigável de Donald, o filho favorito do patriarca Richard:

— O que aconteceu, parceiro? Você não parece muito concentrado.

— Acho que é o pôr do sol. Ele me faz lembrar o passado e pessoas que foram importantes para mim. No final, quando afasto as lembranças, sempre vejo a minha mãe. Ela morreu muito jovem e sem me contar quase nada sobre o meu pai.

— Difícil, meu amigo. Não sei como você se sente. Agradeço a Deus por ter minha mãe e meu pai por perto. Os dois são duros. Quase avessos ao sentimentalismo. Mas, ainda assim, são bons. Capazes de tudo por nossa família.

— Fico contente por vocês. Por essa união. Sua família tem minha amizade e meu respeito. Sempre foi difícil encontrar um local em que me acolhessem de verdade.

— Posso apenas imaginar a sua angústia por viver à margem da sociedade.

— Tenho sentido isso na carne. Ser mestiço torna-me um pária em qualquer lugar. Não sou bem-visto pelos brancos, não sou admitido entre os peles-vermelhas, ao menos entre a maioria. Vocês têm sido um milagre para mim.

— E você, um irmão para nós.

— Obrigado por dizer isso! — Kane abriu um sorriso sincero.

— Vamos agrupar logo esses animais. Você sabe que minha mãe não gosta de atrasar as refeições.

— Se chegarmos depois da oração, ela nos deixará com fome até amanhã de manhã, para que a gente aprenda a lição — o mestiço gargalhou com vontade.

Donald esporeou o cavalo que montava. Kane o seguiu em um malhado. Poeira levantou das ferraduras. Aos brados, os dois vaqueiros conduziram os bovinos para o cercado. Deixaram os equinos no estábulo somente quando a lua já avançava onipotente no céu estrelado.

Os dois chegaram à varanda. Richard pitava um fumo de cheiro forte enquanto se embalava em sua cadeira de balanço.

— Outra vez atrasados. Donald, uma hora sua mãe vai lhe aplicar uma surra.

— Nos desculpe, pai.

— Sem desculpas, garoto.

Donald ficou quieto. Kane limitou-se a abaixar a cabeça.

— Vamos, entrem. Vou assim que terminar minha cigarrilha.

Donald entrou na frente, seguido do amigo. Viram as mulheres colocando os pratos à mesa. A sala de jantar e a cozinha dividiam o mesmo espaço. Dentro do casarão térreo, havia uma sala de estar, uma sala de costura, um escritório e os quartos dos moradores. A família era bem-sucedida nos negócios. Vendiam couro, leite e carne para a cidade.

— Vocês poderiam chegar, alguma vez, no horário certo? — perguntou a mãe de Donald em tom de reprimenda.

— Se John tivesse nos acompanhado, o trabalho seria mais rápido, mãe.

— Enquanto minha perna estiver quebrada, não tenho como ajudá-los, irmão — disse John, que estava sentado à mesa.

— Não estou reclamando de você, mano. Apenas tento me justificar. O trabalho é duro.

— Pensa que trabalhamos menos que você, Donald? — perguntou a mãe.

— Mamãe, eles estão com cara de exaustos e devem estar com fome. Venha, Kane. Você também, Donald. — Lisa decidiu interferir naquela conversa, antes que se tornasse uma briga entre mãe e filho.

Lisa era a primeira filha de Richard e Abigail. Tinha vinte e um anos. Já recebera duas propostas de casamento e não aceitara nenhuma. Queria casar por amor, mesmo que seus pais insistissem na importância de escolher um marido abastado. Por sorte, a família era bem diferente da maioria e permitia que ela tivesse livre-arbítrio em suas decisões. Em geral, as mulheres sempre deviam seguir as ordens dos pais e dos maridos. Desde a chegada de Kane, o coração da jovem estremeceu por aquele homem diferente. Não era igual a nenhum outro. Os cabelos eram negros, lisos e compridos, presos em um rabo de cavalo. A pele de tom levemente avermelhado, o corpo bem torneado e com tatuagens nos braços e no peito. Uma vez, ela o espionara. O mestiço dormia em um quarto contíguo ao estábulo. Por uma fresta, durante o final de uma tarde, ela o viu desenhando o próprio corpo com uma agulha. Para aguentar a dor, bebia uísque. Não ficou espionando por ali muito tempo, tinha receio de ser pega no flagra. Estava apaixonada por ele. Pelos olhares e as conversas que entabulavam, podia jurar que Kane sentia o mesmo por ela. No entanto, parecia impossível que aquele amor pudesse se concretizar. O pai nunca permitiria que ela se casasse com um mestiço, um sujeito com sangue índio nas veias. Mesmo que Richard o respeitasse e até mesmo tivesse admiração por Kane, o marido tinha de ser cristão e branco.

Lisa puxou uma cadeira para Kane, que agradeceu a gentileza com um sorriso terno. Abigail chamou Richard em alto tom, assim que todas as panelas foram colocadas sobre a mesa. O patriarca entrou no recinto e assumiu o assento da cabeceira.

— Donald, você vai com Kane amanhã até a cidade para comprar fumo. O meu acabou.

— Como quiser, pai.

— Temos uma lista de compras, Donald — falou Lana, a outra irmã.

— Posso ir junto? — perguntou o pequenino Eddie, a única criança da família.

— Podemos falar de compras depois? É hora da oração. Richard, por favor, comece! — disse a mãe.

Todos deram as mãos. O patriarca pediu que Deus olhasse por todos, até mesmo por aqueles que ainda não o haviam recebido de corpo e alma – olhou para Kane –, que protegesse a família, que lhes concedesse saúde e também sabedoria. Por fim, rezou um Pai-nosso.

Após um jantar farto, as mulheres limparam a mesa e a cozinha antes de se recolherem. Eddie foi para a cama em seguida, enquanto os homens reuniram-se na sala de estar para conversar sobre a lida do dia e beber *bourbon*. Somente quando a garrafa acabou é que foram para os seus quartos. Kane, ao sair, encontrou Lisa na varanda, enrolada em um casaco pesado. Àquela hora da noite, fazia frio.

— Lisa?

— Eu esperava por você.

— Nesse frio? Você poderia conversar comigo de manhã.

— Com todos à nossa volta, seria difícil.

— Por quê?

Ela se aproximou e o encarou bem no fundo dos olhos.

— Você não sabe?

— Sua família não aprovaria — Kane também se aproximou.

— A maior dificuldade será convencer meu pai. Mas ele aceitará, tenho certeza.

Os dois trocaram um beijo intenso e demorado. Assim que se separaram, Kane disse:

— Agora você precisa entrar antes que alguém note a sua falta.

— Eu te amo, Kane.

— Também te amo, Lisa. Quero me casar com você.

Ela encheu os olhos de lágrimas.

— Eu também. Pensaremos nisso durante os próximos dias.

— Tenho certeza de que Donald aprovaria. Contarei primeiro para ele.

— Com o apoio do Donald, falarei do nosso amor para Lana.

— Por favor, Lisa. Agora é melhor que você entre. Não queremos que alguém nos encontre aqui e nos interprete mal.

Eles se despediram com mais um beijo.

Kane foi para o seu alojamento, que ficava ao lado do estábulo. Sentou-se sobre o colchão, arquitetando os próximos anos de sua existência. Viveria com Lisa e constituiria uma família com muitos filhos. Colocou um pouco de erva dentro do cachimbo que recolhera como herança de Sunset Bison. O objeto era entalhado com desenhos de sóis e uma cabeça de bisão. Sem dúvida, uma peça única. Kane fumava somente em momentos nos quais desejava obter alguma visão. Naquela noite, sentia-se disposto para enxergar algo diferente, talvez algo sobre o seu futuro.

Depois de algum tempo fumando, não sentiu nada além de um leve torpor, e o cansaço da lida diária tomou conta dele. Deitou-se e dormiu sentindo-se envolvido por um bater de asas sobre a cabeça. Um manto negro em forma de penas cobriu os seus sonhos. O corvo viera visitá-lo. Voou com a criatura pelas terras de Richard, vendo a noite incrivelmente clara. Pairaram sobre uma formação rochosa alguns quilômetros longe do rancho. Lá havia uma caverna. Homens se aqueciam ao redor do fogo, gargalhavam e bebiam muito. Era um acampamento. Aquela imagem permaneceu em seu subconsciente, antes que o sonho terminasse de forma abrupta. Acordou na manhã seguinte exausto e com dor de cabeça.

2.
Cidade

Kane e Donald preparavam os cavalos que puxariam a carroça. Lisa entregou para o amado uma lista de produtos que eles deveriam comprar na cidade. Piscou para ele e riu contente como nunca estivera antes. O mestiço retribuiu com um sorriso sincero.

Em seguida, assumiu as rédeas e botou os cavalos na estrada. O pequeno Eddie correu atrás deles, queria ir junto. Donald gritou para o irmãozinho:

— No próximo mês você vem conosco, Eddie!

O garotinho chorou e xingou o irmão. Donald riu, comentando com Kane que o menino era temperamental.

A viagem era longa. Demoraram três horas para chegar à cidade. Durante o trajeto, Donald comentou o seu interesse por uma das filhas do xerife. Kane falaria sobre o amor dele por Lisa quando retornassem. Ainda não sabia muito bem como iniciar a conversa.

Ao chegar, foram direto para o Armazém do Jimmy. Lá conseguiriam todos os alimentos e especiarias dos quais necessitavam. Também era possível comprar tecidos importados. Nas ocasiões em que as mulheres precisavam de itens desse tipo, uma delas os acompanhava. Desde que Kane chegara ao rancho, Lisa se candidatava para a viagem. Era durante esse trajeto que os dois costumavam conversar longamente. Dessa vez, ela não encontrara desculpa para acompanhar os dois homens. Tivera de ficar no rancho.

— Bom dia, Jim.

— Bom dia, garoto.

— Viemos fazer umas compras.

— Passe a lista. Lisa não veio hoje?

— Está vendo ela aqui?

— Não. Vejo somente dois marmanjos feios na minha frente. — O homem riu e apertou a mão de Donald e de Kane.

Kane passou a lista para o sujeito, que a leu em voz baixa.

— Vou demorar um pouco para separar tudo. Não querem passar na casa de armas enquanto isso?

— Por acaso você se tornou sócio do Martin? Está ganhando comissão para vender para ele? — perguntou Donald em tom de brincadeira.

— Aquele velho é um sovina. Não é fácil obter dele uma dose de uísque, que dirá uma comissão.

— Então não entendi por que deveríamos passar lá.

— Dizem que um bando de criminosos está pelas redondezas. Já me abasteci com cartuchos para minha espingarda. Se alguém entrar aqui sem a minha permissão, vai levar fogo no rabo! — Jim gargalhou à vontade. — Deixem-me trabalhar e voltem mais tarde. Preciso no mínimo de meia hora.

— Munição não nos falta, Jim. Quero comer alguma coisa. Siga-me, Kane.

Os dois deixaram o estabelecimento. Atravessaram a rua e entraram no *saloon*, naquele horário, havia somente três homens jogando cartas e bebendo. Kane e Donald perguntaram o que havia para comer ao *barman*, que também era o proprietário. Aceitaram a refeição oferecida: batatas cozidas, milho e um pedaço de pernil. Beberam água fresca para acompanhar.

Um dos três ali sentados participando do carteado levantou para esvaziar a bexiga e aproveitou para reclamar:

— Os tempos não são mais os mesmos. Agora permitem que índios sujos frequentem o mesmo lugar que nós.

No mesmo instante, Donald levantou-se:

— Morda a língua antes de falar do meu amigo!

— Acalme-se, Donald — disse Kane. — Ele não vale a pena. — Vamos terminar nossa refeição e voltar para casa.

— Isso, garoto. Faça o que o seu índio diz. Será melhor para você! — O homem gargalhou e saiu.

Sob os Auspícios do Corvo   119

Kane e Donald terminaram de comer, pagaram a conta e, em seguida, retornaram ao estabelecimento de Jimmy. A carroça estava carregada. Kane averiguou alguns sacos. Não sentiu o cheiro de tabaco e disse:

— Jim. Você esqueceu o saco de fumo.

— Não esqueci.

— Esqueceu sim. Posso sentir o cheiro de especiarias aqui, mas nenhuma delas é de tabaco.

— Nem o meu cão tem nariz tão bom.

Jim se aproximou da carroça e, ao observar o carregamento, disse chateado:

— É. Você tem razão. Vou lá dentro buscar. Desculpem a mancada.

— Não foi nada, Jim — disse Donald.

Desde que Kane obteve o espírito protetor de Altsoba, seu olfato se tornara aguçado. Para Blackmoon, a sensação do coiote o rondando era muito mais forte do que a prova visual de sua presença. O feiticeiro ainda não sabia ao certo como invocar seus espíritos protetores. Nem sempre apareciam quando ele precisava, surgiam quando queriam, como augúrios e como guias. O corvo costumava se manifestar quando Kane fumava utilizando o cachimbo de Whope. Mas não era sempre.

Donald e Kane despediram-se de Jimmy, colocando os devidos dólares em suas mãos. Logo estariam de volta ao rancho, com o veículo repleto de cereais, especiarias, fumo e bebidas alcoólicas.

— Obrigado por me defender lá no *saloon*, Donald.

— Amigos são para essas coisas, Kane. Além do mais, não foi nada, aquele idiota nem mesmo teve o que merecia. Eu devia ter socado o nariz dele.

— Considero você um irmão. Sabia?

— Eu sei, Kane. Você bem que poderia fazer parte da família.

Kane surpreendeu-se com aquele comentário e aproveitou para dizer o que desejava desde o início da viagem.

— Bem que gostaria. Se o seu pai permitisse, eu me casaria com Lisa e me converteria em um verdadeiro cristão, se fosse preciso.

— Você tem meu apoio, caro amigo. Não será fácil convencer meu pai. Mas se for a vontade de Lisa, ele acabará cedendo.

— É vontade dela também, pode ter certeza.

— Então, será questão de tempo! — Donald estava feliz com aquela revelação. Já imaginava, pelos olhares e as conversas, que a irmã e Kane tivessem interesse um no outro.

O restante do trajeto foi marcado por conversas alegres e repletas de planos que os dois arquitetavam para suas vidas futuras. Porém, nada do que projetaram aconteceria.

3.
Covil

Não era a primeira vez que Kane deparava-se com uma matança. Diferentemente de outras, essa enchia seu coração de ódio. Costumava ser frio em situações como a que se encontrava agora. No entanto, seus olhos marejaram. Só desejava caçar os marginais e escalpelar cada um deles, bem aos poucos, para que sentissem dor.

Quando ele e Donald chegaram ao rancho, notaram tudo muito silencioso. Ninguém os recebera. Nem mesmo Eddie, que costumava aguardá-los na varanda junto com Lisa. Os dois, mais próximos da casa, puderam enxergar as janelas quebradas. Buracos de bala nas paredes de madeira. Viram cartuchos de munição espalhados no chão por diversos pontos. Havia sangue na terra. O que parecia ser um grande saco de estopa caído bem na frente da porta, ao se olhar de longe, era um corpo.

Desceram da carroça. Não conheciam o homem morto na varanda. Entraram na casa. Na sala de jantar, o corpo de John fora cravejado de balas. O sangue espalhara-se pelo piso. Donald ajoelhou-se para socorrer o irmão. Mas aquilo era algo impossível, pois a morte o tocara.

Kane correu até o quarto de Lisa, não a localizou. Foi ao escritório e lá o horror tornou-se completo. Encontrou Eddie com a garganta cortada e, na testa do velho Richard, um buraco de bala. O cofre que ficava atrás de um quadro estava aberto e vazio.

Donald, ao entrar, não conseguiu conter o choro. Kane abraçou o amigo e tentou manter o raciocínio em ordem.

— As mulheres não estão aqui, Donald. Elas podem estar vivas!

O amigo não conseguia dizer coisa alguma.

— Você está me escutando, Donald?

O rapaz apenas fez um gesto afirmativo com a cabeça.

— Temos de nos apressar. O cheiro da pólvora ainda é recente. Podemos salvá-las.

— Eles as sequestraram?

— Creio que sim. Mas não devem estar preocupados com o resgate. Vamos logo. Nós dois podemos resolver isso. Pegue as espingardas e a munição. Já estou com o meu Colt. Preciso passar no meu alojamento para apanhar umas coisas. Nos encontramos no estábulo para colocar a sela nos cavalos.

Kane correu até o seu dormitório e pegou uma sacola de couro na qual levaria algo que poderia ajudá-lo em último caso. Prendeu à cintura a machadinha, presente de Klah. Se tivesse algumas horas ao seu dispor, teria preparado um feitiço contra aqueles malditos. Mas tinha pressa e lidar com magia não era assim tão simples. Precisava de tempo, preparo e os itens certos. Sobrara, ao menos, uma cartada que acionaria se não tivesse escolha.

Quando chegou ao estábulo, Kane deparou-se com o lugar vazio. Os bandidos haviam roubado todos os cavalos. Dali foi direto para a frente da casa, local onde deixaram a carroça. Donald chegou com pressa e desespero estampado no rosto.

— Eles levaram todas as nossas armas e munições.

— Também sumiram com os cavalos.

— E agora?

— Vamos desatrelar os animais da carroça.

— Eles devem estar exaustos!

— Terão de servir. Você deve voltar para a cidade e avisar o xerife. Vou no encalço dos assassinos.

— Não. Iremos juntos. É minha família, Kane.

— Temos pouca munição. Levei somente uma cartucheira comigo hoje de manhã antes de irmos para a cidade.

— Eu também. Não tenho nada além do que um revólver e algumas balas.

— Isso não é nada bom. Não podemos ficar aqui discutindo. Cada minuto que passa é pior. Temos que alcançá-los.

— Precisamos encontrar a trilha deixada pelos cavalos deles e os roubados.

— Isso é fácil. Eu já vi. Seguiram para o sul.

Antes de partir, os dois deram água para os cavalos e encheram os próprios cantis. Seguiram o rastro deixado pelos bandidos. Passaram por um campo verde, terra do patriarca Richard. Atravessaram um córrego e, em seguida, chegaram a uma zona arenosa. Já fazia mais de hora que cavalgavam.

A noite cresceu engolindo o dia. A lua nova no céu não os ajudava em nada naquela perseguição. Sobre a sua cabeça, Kane ouviu asas sobrenaturais movimentando-se. Olhou para cima, não avistou nada, mas soube que o corvo o acompanhava. Sentiu-se seguro.

Naquele momento, lembrou-se plenamente do sonho que tivera durante a madrugada, depois de fumar a erva no cachimbo que, segundo Sunset, teria sido um presente da deusa Whope. Vislumbrou todo o caminho que levava até o covil dos bandidos. Eles haviam feito o acampamento em uma caverna bem escondida no interior de um grupamento rochoso.

— Tive uma visão, Donald.

— Outra? Como aquela do mês passado?

— Da mesma natureza. Pude ver os desgraçados em uma caverna. Não é longe daqui. Deixe seu revólver carregado. Precisamos ser rápidos para surpreendê-los.

— Quantos você acha que são?

— Talvez uns doze.

Donald calou-se. Seria difícil lidar com um número tão superior a eles. Rezou em silêncio enquanto cavalgavam. Os cavalos estavam exaustos tanto quanto os dois perseguidores. Aquela tarefa estava fadada ao insucesso. Mesmo assim, os companheiros não desistiriam. Precisavam salvar o que restava da família.

— Lá está o covil! — apontou Kane. — Não podemos chegar pela frente. Certamente eles devem ter deixado alguém de guarda.

Vamos seguir por aquele agrupamento de rochas à esquerda.

Quando Kane e Donald chegaram ao improvisado esconderijo de rochas, deixaram os cavalos. Seguiram o restante do caminho agachados. Assim que as grandes pedras tornaram-se escassas e menores, arrastaram-se pela parca relva e pela areia.

Kane avistou um homem sentado. Fumava sem dar importância para a vigília de que fora encarregado.

— Fique aqui, Donald. Não dispare uma bala sequer por enquanto. Não podemos alertar os outros. Aquele é meu.

O meio-índio continuou arrastando-se pelo terreno. Donald pôde vê-lo contornando a pedra e surgir em pé, como se fosse um urso, atrás do bandido. Com fúria, a machadinha, presente de Klah, rachou o crânio do inimigo com um golpe na têmpora direita. O sujeito nem teve tempo de gritar, tamanha violência e rapidez do golpe. Donald se aproximou com cautela, enquanto Kane escalpelava a vítima e prendia o item recém-adquirido ao cinto. Pegou o coldre de arma dupla do desconhecido e todas as balas que possuía, e as entregou para Donald.

— Somente um de guarda?

— Duvido. A entrada ainda está longe. Deve ter mais algum por aí de tocaia. Vamos continuar em silêncio e nos arrastando — sugeriu Kane.

Os dois se esgueiraram por aquela relva baixa apinhada de rochas de porte médio. Enfim, encontraram mais dois. Eles conversavam. Kane e Donald não conseguiam escutar o teor do diálogo. Contudo estavam suficientemente perto para realizar tiros certeiros.

— Vamos ter de arriscar — disse Kane. — Cada um de nós pega um. Sem barulho! Entendido?

— Nunca usei minha faca contra um homem. Será hoje.

Kane se aproximou por trás de um dos bandidos que não teve tempo de reagir ao sentir a cabeça rachar com o fio da machadinha. O outro, ao ver o companheiro sendo assassinado, sacou o revólver, mas, antes que pudesse disparar, sentiu algo cravar-se em suas costas. Donald arremessava muito bem uma faca. A dor inesperada foi suficiente para que Kane conseguisse acertá-lo no queixo com a arma que empunhava, quebrando sua arcada dentária. O ódio de Kane por aqueles homens tornara-se evidente. Escalpelou os dois mortos e pintou o sangue deles no próprio rosto. Prendeu no cinto os novos troféus. Donald, apesar do ódio que sentia pelos bandidos, não conseguiria fazer aquilo. Pela primeira vez, viu algo primitivo e selvagem no amigo. Retirou a faca das costas do homem e a guardou na cintura.

Continuaram seu trajeto feito duas cascavéis pelo terreno.

— Ali está a entrada! — Kane indicou uma abertura larga em um paredão rochoso.

De lá vinha uma luz tênue que podia ser de um lampião. Mais adiante estavam os cavalos roubados. Donald observou ao redor. Descuidando-se, talvez pelo fato de estar tão próximo da entrada, o rapaz correu ao longo da parede rochosa antes que Kane pudesse alertá-lo. Ouviu-se um tiro.

Uma bala acertara o peito de Donald, fazendo espirrar o sangue. Do lado oposto da entrada, havia um sujeito gordo que se escondia atrás de uma rocha. Aos seus pés, uma garrafa de uísque. Ele viu Kane e também disparou. O sujeito tinha boa mira, acertara a coxa direita do mestiço.

Kane Blackmoon protegeu-se atrás de uma rocha. Sacou o revólver e disparou mais de uma vez contra o gordo, sem obter sucesso. Esgueirou-se para o lado oposto da pedra, com a perna queimando de dor, e enxergou dois homens chegarem à boca da caverna.

Quando um deles percebeu que Donald, mesmo caído, tentava pegar o revólver do coldre, disparou sem piedade à queima-roupa um tiro certeiro em sua cabeça. Kane desmoronou. Não era possível. Ele perdia todas as pessoas que gostava. A morte ceifadora não poupava ninguém no velho Oeste.

No entanto, um fio de esperança ainda lhe restava. Lisa tinha de estar viva. Ele a salvaria. Contudo, não tinha mais dúvidas das atrocidades que aqueles selvagens deviam ter cometido contra as mulheres. Tentava afastar o pensamento que o invadia. Seu ódio cresceu como um verme faminto em suas entranhas. Levantou-se em um arroubo de loucura e correu como pôde, afastando-se da entrada do covil. Novos disparos o seguiram. Um deles, com pleno sucesso, acertara sua omoplata esquerda. Escutou, atrás de si, o familiar farfalhar de asas que o acompanhava. Era como se tivesse sido salvo das outras balas pelo corvo espiritual que o protegia.

Kane encontrou outro refúgio de pedra. Pegou o objeto que trouxera em sua sacola de couro. Só tinha uma possibilidade de salvação. Sua última cartada. Quebrou o pote de cerâmica repleto de inscrições bem próximo dos seus pés. Uma fumaça negra libertou-se. Era o demônio que Blackmoon e Sunset Bison tinham aprisionado. Como se fossem velhos conhecidos, a coisa falou pelas suas diversas bocas repletas de dentes minúsculos e afiados:

— Você? É difícil acreditar que o mesmo humano que me prendeu agora me liberta.

— Fiz isso apenas para oferecer um acordo.

— Há, há, há, não me faça rir. Vejo a morte bem à sua frente. — Os tentáculos de sombras do demônio se mexiam como cipós vivos.

— Desejo vingança. Permito que entre em meu corpo para que eu possa utilizar os seus poderes.

Os diversos olhos da criatura se arregalaram surpresos.

— Nada mal. Posso sentir o ódio fervendo em você. Entretanto... Pressinto alguma espécie de trapaça escondida.

— Como eu conseguiria enganar um demônio? Veja! A prisão em que eu poderia prendê-lo não existe mais. Está quebrada!

— Isso me anima. Trato feito!

O demônio, sem perder tempo, tornou-se vapor negro e entrou pela boca e pelas narinas de Kane. Como se tivesse tomado alguma poção de cura mágica, os ferimentos em seu corpo se fecharam. Antes disso, a bala em sua coxa e a outra em seu ombro foram expelidas pela carne que se recompunha.

Kane olhou para o lado e encontrou o sujeito obeso a poucos metros dele. Empunhava um revólver mirando a sua cabeça. O mestiço levantou-se com rapidez sobre-humana e rolou para o lado, evitando o projétil que vinha à queima-roupa. Em seguida, deu um salto como se fosse um puma e cravou a machadinha na testa do bandido.

Os outros que haviam surgido na boca da caverna também estavam próximos. De seus revólveres, voaram mais balas. Uma ou outra acertaram Kane, que se mostrava invencível. Mesmo sentindo dor, aquilo não era suficiente para pará-lo. Lembrou, conforme os ensinamentos de Sunset Bison, que somente balas de prata poderiam fazer estragos efetivos em um corpo possuído por aquele demônio.

Kane, ao atacar dois dos bandidos, pôde ver despontando de seu próprio corpo sombras tentaculares com garras na ponta, que dilaceravam seus inimigos. Outros marginais da entrada do covil davam tiros a esmo, gritando coisas como "é um demônio", "não, é um fantasma", "é um lobisomem". Estavam atordoados por aquela visão. Uma sombra se destacava do corpo do mestiço dando-lhe uma silhueta única e bizarra.

Blackmoon estraçalhou os que estavam em seu caminho. Entrou na caverna e deu cabo dos últimos homens do bando, sem mesmo se dar ao trabalho de saber quem era o líder. Espalhou o terror e as vísceras de cada um deles pelo interior daquele covil.

O demônio se inflamara pela fúria. Durante aqueles momentos de carnificina, sentira-se dono da situação. Todavia algo não estava certo. Quando tentou atacar uma mulher viva, não conseguiu. Foi impedido pela vontade de Kane.

— Lana!

Kane se aproximou prendendo na cintura a machadinha que empunhava. Ela ainda respirava. Suas roupas estavam rasgadas. No fundo da caverna, viu Abigail. Não sobrevivera aos maus-tratos. E, jogada sobre cobertores, sem vida, avistou Lisa. Correu até a mulher com quem desejava se casar. Agarrou-a em seus braços e chorou. Sentia-se completamente só.

Uma voz baixa o importunava querendo atenção. Estava em sua cabeça. Era o demônio, *"O que você fez, safado? Por que não tenho o controle do seu corpo?"*. Kane respondeu mentalmente, *"Eu é que tenho o controle sobre você porque tatuei os símbolos do pote de cerâmica em meu peito e nos meus braços, tornando o meu corpo preparado para ser o seu novo cárcere"*. A voz ficou em silêncio tentando compreender sua nova situação. Quando acertou o pacto com Kane, nunca imaginou que o mestiço pudesse ter tatuado o corpo com símbolos mágicos. Como ele estava vestido, não fora capaz de cogitar aquela situação. Tinha sido enganado. Kane disse *"Usarei seus dons como eu desejar a partir de agora. Além de prisioneiro, você é meu escravo"*. O demônio refletiu antes de falar, *"Já estou no seu corpo. Não tenho pressa para seduzir sua alma. Logo ela será minha"*. Kane o desafiou, *"Nunca. Aqui quem manda sou eu"*. *"Veremos"*, disse o demônio provocando-o com uma gargalhada. *"Cale-se"*, ordenou Kane.

A gargalhada começou a se desfazer como um eco distante.

Kane tinha trabalho a fazer. Colocou os corpos de Lisa, Abigail e Donald em uma das carroças que pertencia aos bandidos, provavelmente, fruto de outros roubos. Junto deles, teve de deitar Lana. Ao menos ela havia sobrevivido. Estava ferida e mostrava os danos psicológicos dos atos que sofrera durante o breve cativeiro. Kane cuidou da jovem prestando serviços básicos de primeiros socorros. Deixou-a no rancho, instalada no próprio quarto. Dirigiu-se até a cidade para buscar um médico e também um agente funerário para tratar dos enterros. Não se descuidara de reaver o dinheiro roubado do cofre de Richard no covil dos bandidos. Devolvera tudo para Lana e talvez tivesse lhe dado bem mais, pois não sabia determinar qual quantia era da família, qual era proveniente de outros assaltos.

O xerife da cidade recolheu os corpos dos marginais, após Kane indicar o local em que se escondiam. Não achando dinheiro vivo, o homem da lei concluiu que alguns deles poderiam ter fugido com o montante antes de receber o ataque de uma suposta fera que estripara os outros. Kane contara para o xerife que, ao chegar, já encontrara aquele quadro de sangue e morte. Porém, um dos sobreviventes, ao se deparar com Donald, baleara-o ocasionando o seu falecimento e, por sua vez, acabara morrendo logo depois devido aos ferimentos que também tinha sofrido como os outros companheiros.

O oficial pressentia que muitas coisas não se encaixavam naquela história. Mas, como não tinha respostas melhores para obter de Kane, ficou satisfeito em saber que mais de quinze procurados pelo Estado tiveram um final merecido. Como muitos deles tinham a cabeça a prêmio, certa quantia foi paga para Kane, que aceitou os dólares. Colocaria os cascos do seu cavalo para explorar o Oeste mais uma vez. Já não tinha o que fazer naquele rancho. Seu amor agora descansaria a sete palmos debaixo da terra. Seu melhor amigo, ao lado dela.

Kane despediu-se de Lana, uma semana após o fatídico acontecimento, com um beijo em sua testa, chamando-a de irmã. Suas intenções de criar raízes e constituir família desvaneceram. Por mais que tentasse se afastar do sobrenatural, não conseguia. Os seus espíritos protetores continuariam a acompanhá-lo, mesmo que suas existências ainda fossem um mistério para ele. Além do corvo e da sutil presença do coiote, uma voz grotesca, em sua cabeça, se manifestaria nos momentos de fraqueza, tentando seduzi-lo para o lado das sombras.

NEVASCA

1.
A cidade ao pé da montanha

Kane chegou à hospedaria. Estava cansado de mais uma viagem. Depois do que ocorrera no rancho, queria somente ficar isolado. Uma cidade não era exatamente o que desejava. Conversar com pessoas não o agradava. Tinha perdido a vontade de viver. Deitou em uma boa cama, com os lençóis limpos, e dormiu sem ser perturbado por pesadelos.

No dia seguinte, conversou com a proprietária que alugava os quartos enquanto comia o desjejum:

— Quero comprar uma casa nas montanhas — Kane apontou para a janela, dava para ver as rochosas antes do início do inverno.

— Lá não é um bom lugar — disse a mulher, deixando uma jarra de vinho na mesa.

— Por quê?

— Muito isolado. Distante.

A mulher olhava para fora da hospedaria com olhar pensativo.

— Gosto de tranquilidade. A cidade aqui é muito movimentada. Negócios, mineiros, prostituição, bandidagem...

— Você está enganado, filho. — A mulher olhou com indignação para Kane. — Esta cidade também tem gente boa, honesta e cristã. Você é cristão?

— Sou — Kane precisou mentir. Quase se engasgou com o vinho que começara a beber.

— Então vou te dar um conselho. Fique longe das montanhas. É para lá que o demônio leva nossos cidadãos. Só este ano já sumiram seis pessoas da comunidade.

— Que perda. Sinto muito por eles. O xerife coordenou grupos de busca?

— Sim. Os homens se mobilizaram. Mas não encontraram nada além de morte. Na cabana dos Jacksons havia sangue espalhado por tudo, vísceras aqui e acolá. Nada dos corpos. Eles gostavam de viver isolados, raramente vinham à igreja. Abandonaram deus e deus os deixou à própria sorte, é o que digo. Um fim horrível.

Kane ficou quieto e voltou a comer. A mulher se afastou rebolando a bunda grande com a altivez de quem sabia o que estava dizendo. A história que ela contara era no mínimo intrigante. O caçador de recompensas foi até a delegacia. Em princípio, ele não procurava por trabalho, as últimas recompensas que ganhara pagavam todas as suas contas. No entanto, quando surgiam coisas inexplicáveis em seu caminho, a curiosidade prevalecia aos seus afazeres cotidianos, que neste momento não passavam de se instalar longe da civilização. Também observou que, se quisesse mesmo morar nas montanhas, precisava saber o que acontecia por lá.

Na parede do lado de fora da delegacia, Kane olhou alguns cartazes de procurados. Não pegou nenhum deles, pois não se referiam aos desaparecimentos ocorridos na localidade. Ao entrar, o xerife preenchia um documento. Levantou os olhos para encarar o mestiço:

— Posso ajudar?

— Olá, xerife. Meu nome é Kane. Costumo colaborar com os homens da lei capturando procurados.

— Um caçador. — O xerife parou o que estava fazendo.

— Já entreguei alguns homens para a justiça. Mas estou cansado. Preciso de uma folga. Vim morar nas montanhas. Porém, fiquei sabendo que pode haver algum louco assassino sequestrando pessoas.

Kane sentou na cadeira que ficava diante da mesa do xerife.

— Um louco assassino que nos persegue de tempos em tempos, você quer dizer.

— Não é a primeira vez que ele ataca?

— Não.

— A dona da hospedaria me disse que a família Jackson sumiu e que os vestígios de sangue na casa não foram nada agradáveis de ver.

— Pobres Jacksons. Eu mesmo vi o estado em que se encontrava a cabana. Cheia de moscas zunindo pelo lugar. Horrível mesmo. O maldito assassino aflige a cidade desde que os primeiros pilares das nossas casas foram construídos há mais de três décadas. Temos registros do desaparecimento de uma média de doze pessoas nos anos que antecedem fortes nevascas. O acontecimento é como alguém nos dizendo que o tempo vai ficar feio em breve. Que teremos um inverno rigoroso. Como o maldito sabe disso, não tenho nem como imaginar. O povo costuma contar histórias absurdas. Ainda assim, prefiro não dar ouvidos para crendices.

— Que tipo de crendices?

— Lendas, bobagens, tolices.

— Eu posso ajudar xerife. Não acredito em lendas também. Isso deve ser obra de algum maníaco. Nós podemos pegá-lo. Eu moraria um tempo na cabana dos Jacksons, se as autoridades permitissem, e investigaria o território da montanha em busca de alguma pista.

— Se você trouxer qualquer informação que possa prender o sequestrador e assassino, lhe daremos uma boa recompensa.

— Neste momento não tenho interesse no pagamento. Quero apenas viver isolado durante algum tempo na cabana.

— Os Jacksons não deixaram herdeiros. A escritura do terreno está sob a tutela da prefeitura. Vou solicitar que liberem sua permanência na cabana até o final do ano.

O xerife se levantou e apertou a mão de Kane:

— Amanhã mesmo eu o levo até a sua nova casa.

2.
A cabana

O xerife e um auxiliar acompanharam Kane até a cabana dos Jacksons. Logo que começaram a subir o terreno íngreme sentiram um vento gelado soprando. Na copa das árvores, já dava para ver a intensidade com que movimentava as folhas e os galhos. O inverno se aproximava com força.

Fizeram apenas uma parada para comer e descansar os cavalos. Miller, o auxiliar do xerife, falou após mordiscar a coxa de uma galinha assada:

— Você tem coragem, Kane.

— Pelo quê?

— Pelo óbvio. O que habita nessas montanhas é algo sobrenatural. Inexplicável.

— Não venha com essa conversa, Miller — reclamou o xerife.

— Já que ele vai morar na cabana, é melhor estar prevenido.

— Você não é o primeiro que tenta me alertar, Miller. A dona da hospedaria me deu até um crucifixo hoje pela manhã quando disse que ficaria na cabana dos Jacksons.

— Religião nenhuma vai ajudá-lo contra um louco, Kane. Se o maldito aparecer, meta chumbo na fuça dele e pronto.

— Falando assim parece fácil, chefe. Uma vez escutei um amigo dizer que viu o sequestrador. Não era um homem. Era uma coisa. Ele não enxergou bem, estava escuro demais naquela noite. Mas disse que tinha garras e se movia rapidamente, mesmo parecendo um fraco e magro esqueleto repleto de pelos. — Miller sugou o restante da carne do osso da ave em segundos.

— Você e essa história do seu amigo. É tudo o que sabe contar?

— Só estou tentando ajudar.

— Vê se descansa e deixa de falar besteiras. Guarde as energias, pois depois de deixar Kane na cabana ainda temos de voltar.

Miller se calou. Kane não fez mais perguntas. O mestiço terminou de comer a refeição que trouxera e encostou a cabeça em sua mochila, para relaxar antes de recomeçar a caminhada.

Mais algumas horas e chegaram a um platô na montanha. De lá avistavam a cidade. A cabana dos Jacksons estava sem a porta. Na varanda, havia uma cadeira de balanço. Ao lado da casa, Kane viu o que devia ser uma horta abandonada.

— Eles viviam com pouco — disse o xerife.

— É. De hortaliças e o que o mal-humorado Samuel conseguia caçar — falou Miller.

O xerife olhou para Miller com cara de quem não gostava de ser interrompido. O auxiliar se calou para que o chefe pudesse falar:

— Aqui dá para arrumar caça abundante durante boa parte do ano. As coisas ficam muito difíceis durante o inverno. Então é preciso estocar com sabedoria. Vamos entrar.

Os três subiram na varanda e entraram na cabana. Lá dentro estava escuro, no entanto, como ainda era dia, final da tarde, era possível enxergar.

— Temos um rapaz que costuma fazer a limpeza da delegacia. Nós o trouxemos aqui para que limpasse a bagunça. Ele lavou o sangue o melhor que pôde. Mas ainda dá para ver algumas marcas no chão e nas paredes.

— Posso sentir o cheiro de ferrugem. Deve ser do sangue — disse Kane.

Blackmoon tinha ficado com as narinas mais sensíveis aos cheiros desde que devorara o coração de Altsoba. Não dava para negar que sua nova habilidade provinha do espírito do coiote extirpado do jovem feiticeiro *navajo*.

— Você tem um olfato e tanto — elogiou Miller. — Só sinto o cheiro da madeira.

— A coisa foi feia. Não duvido que você cheire a matança que ocorreu aqui — disse o xerife.

— Foram assassinados nesta sala? — perguntou Kane.

O xerife tirou o chapéu e disse, enquanto olhava para todos os cantos da cabana como se tentasse ver alguma nova evidência:

— Não posso dizer com toda a certeza que eles foram assassinados. Entretanto, pelos indícios, não creio que haja dúvida sobre isso. A primeira pessoa que encontrou a balbúrdia na cabana foi o pastor. Ele costuma visitar os fiéis que se ausentam durante muito tempo da igreja. Apesar de os Jacksons não serem exatamente o que podemos chamar de fiéis. Não se surpreenda se ele vier visitá-lo algum dia enquanto estiver por aqui. Assim que o pastor viu o sangue e as vísceras espalhadas, voltou o mais rápido que pôde para a cidade. Já era noite no momento em que chegou à delegacia. Subi a montanha com Miller e mais seis cidadãos voluntários armados até os dentes. Só nos avizinhamos da propriedade quando começou a amanhecer.

O xerife limpou o suor do rosto. A caminhada fora extenuante. Então disse:

— Os Jacksons eram em cinco. O pai, sempre truculento; a mãe, tímida e calada; e três crianças arredias, Susie, Joe e Mary. Como não encontramos efetivamente nenhum dos corpos, não posso afirmar que eles foram assassinados. Porém, era sangue para todos os lados, principalmente nesta sala em que estamos. Como já contei antes, encontramos vísceras no chão, como se uma barriga tivesse sido aberta e deixasse os órgãos internos do corpo se esvaindo. — O xerife fez um gesto amplo com o braço que segurava o chapéu. — Também encontramos um olho no quarto ao lado. Pelo rastro de sangue que havia no piso, creio que a vítima tentou fugir, mas foi apanhada pelo agressor. Era um olho azul. Todos os Jacksons tinham olhos azuis e cabelos bem amarelos. Logo aqui na entrada encontramos o pedaço de um couro cabeludo. — O xerife apontou para a varanda.

— Por que a cabana está sem porta?

— Venha ver. — O xerife se aproximou do batente, no vão da entrada. — Olhe aqui na madeira do lado de fora, ao lado da porta. Está toda lanhada como se algum animal a tivesse arranhado.

Kane olhou de perto. Somente naquele instante pensou no demônio que havia aprisionado em seu corpo. E pensar nele era o mesmo que dar uma sacudida em quem estava dormindo profundamente. "*Está com saudades?*", ouviu a voz maliciosa em sua mente. "*Deixe-me em paz*", exigiu Kane. A coisa riu alto em sua cabeça e foi silenciando aos poucos.

— Aconteceu alguma coisa? — O xerife perguntou para Kane.

— Nada. Apenas fiquei impressionado. Parecem garras de urso.

— Foi o demônio, com certeza. Nenhum animal pode fazer isso — disse Miller.

— Lá vem você de novo com essa história — disse o xerife. — Não encha a cabeça do nosso visitante com besteira.

— Não foi somente esse o estrago. Você sabe, xerife. A porta toda estava em frangalhos. Foi destruída por uma força sobre-humana.

— Um maníaco pode ter uma força sobre-humana, Miller. Um homem extremamente selvagem e animalesco, capaz de pegar todos os Jacksons e levá-los para algum lugar da floresta. Havia rastro de sangue, como se um corpo fosse arrastado de dentro da cabana, passado pela varanda e deus sabe onde deve ter ido parar. Mais adiante encontramos uma mão decepada com apenas três dedos no lugar. — O xerife apontou para a floresta. — O dedo anular ainda retinha a aliança. Era uma mão de mulher, da esposa de Samuel. Como você vê, Kane, nós temos indícios de que eles provavelmente estejam mortos. Mas ainda não encontramos os corpos nem o maníaco que os capturou. Para piorar, com a chegada do inverno, ainda mais se houver nevascas, não os encontraremos. Nem os Jacksons, nem as outras seis pessoas que sumiram. Onze pessoas, Kane. Onze pessoas. Todos na cidade estão com medo. Fecham as portas cedo e acreditam, como Miller, em uma criatura demoníaca, vinda do além.

A voz rasgada do demônio voltou – *"Eles estão na pista certa"* – e riu zombeteiro.

— Chega! — Kane disse em voz alta.

— Entendo. É perturbador — disse o xerife.

Kane não queria ter gritado com o xerife. Pretendia afastar a voz do demônio apenas.

— Desculpe, xerife. Essa história é mais forte do que as que estou acostumado.

— Não se desculpe por isso, Kane. Depois disso, não sei se ainda quer ficar. O lugar, sem dúvida, é de risco.

— Sei me cuidar. Obrigado pela preocupação.

— Então precisamos ir, meu caro. — O xerife estendeu a mão e Kane a apertou.

— Estarei bem por aqui. Quero ajudar.

— Você terá bastante lenha na floresta para queimar na lareira. Porém, aconselho que faça logo uma porta. Quando o frio chegar, virá com tudo. Se precisar, vá até a cidade, eu o ajudarei com o que for necessário.

O xerife e seu auxiliar subiram nos cavalos e partiram. Kane acenou para eles em despedida. Em seguida, descarregou seus pertences do cavalo e averiguou as condições da cabana. Na sala principal em que ficava a lareira, havia utensílios domésticos de cozinha em um armário e um fogão a lenha. Encontrou também uma única cadeira. Supôs que a quebradeira tinha sido enorme e acabara resultando na avaria da mesa e de outras cadeiras, assim como levara à destruição da porta. O homem da limpeza deveria ter recolhido os destroços. No outro aposento, originalmente sem porta, havia duas camas grandes, um armário e uma penteadeira com espelho. Blackmoon abriu o armário e encontrou algumas peças de roupa, lençóis e cobertores.

Kane saiu da cabana e a contornou. Na parte de trás, averiguou um barraco de madeira repleto de ferramentas. Não havia nada além disso. Já estava tarde, sem condições de realizar excursões pelas redondezas. Então, retornou para a cabana e tirou as botas, se jogando sobre a cama dos Jacksons. A primeira tarefa do dia seguinte seria remover a porta do barraco das ferramentas e instalá-la na entrada da cabana. Não tinha um bom conhecimento de marcenaria para fazer uma, como sugerira o xerife. O mestiço pôde sentir que o frio aumentava. Contudo, como estava acostumado a dormir ao relento muitas vezes, um teto bastaria durante aquela madrugada.

3.
Temporada de inverno

Kane acordou e pegou o cantil para beber água. O xerife lhe informara que próximo dali havia um riacho que descia da montanha trazendo água fresca nessa época. O mestiço procurou pelo riacho e encontrou-o a apenas alguns minutos de caminhada. Tirou as roupas e tomou um banho nas águas rasas. Dentro de algumas semanas, deveria estar congelado. O frio intenso não tardaria a chegar. Encheu o balde que trouxera consigo. Enquanto voltava, seu olhar se detinha em diferentes partes da floresta. Estava fazendo o reconhecimento do território em que pretendia morar nos próximos meses.

Ao retornar, foi direto desparafusar a porta do barraco das ferramentas. Levou bem mais tempo do que um marceneiro demoraria para realizar o serviço. A porta era leve, se comparada com outras. Carregou-a até a entrada da cabana e começou a instalação. Antes mesmo de terminar, o suor escorria pelo seu corpo. A porta era menor em altura do que a anterior. Dois vãos ficavam descobertos: um na parte superior e o outro na soleira.

— Vai ter de servir. Ao menos fecha — disse Kane.

Blackmoon parou para almoçar. Acendeu o fogão a lenha e ferveu batatas. Depois da refeição, catou madeiras e cipós maleáveis. Construiu duas armadilhas para capturar animais de pequeno porte. No restante daquele dia, apenas deixou que o ar da floresta o preenchesse. Sentou na varanda e acendeu o cachimbo para contemplar a natureza e pensar no sentido da vida. Dormiu cedo, antes que as estrelas apinhassem o céu. Queria levantar quando o sol raiasse. Logo precisaria de mais comida. Tinha trazido da cidade um bom saco de sal para preservar a carne das suas futuras caçadas.

Ao acordar, lavou o rosto com um pouco de água que deixara em uma bacia. Fez o desjejum e saiu. Os primeiros raios de sol incidiam tímidos sobre a copa das árvores. Naquele dia, Kane caminhou rumando para o alto da montanha. Se quisesse chegar lá em cima, demoraria no mínimo um dia e podia ser perigoso se não estivesse preparado. Queria verificar os arredores, além de caçar, e, se fosse possível, encontrar alguma pista dos desaparecidos. Tinha consciência de que, àquela altura, deveriam estar todos mortos. Não podia contestar a lógica dos acontecimentos. Precisava se precaver, pois, quem quer que fosse o autor dos crimes, era bem possível que estivesse pela região tramando contra os moradores da cidade.

À beira do riacho, Kane completou o cantil. Atravessou de uma margem à outra, molhando as botas acima das canelas. Começou a subir um terreno íngreme, repleto de árvores, que após alguns minutos de caminhada se tornou plano. Estava frio. A temperatura tinha caído vertiginosamente desde que chegara à cabana. Ao expirar pela boca, via o seu próprio bafo condensado. Algumas pequenas aves voavam de um galho para outro. Só em último caso as abateria como caça. Eram tão pequenas que mastigaria chumbo quando fosse se alimentar delas.

Blackmoon achou uma pequena toca. Armou uma arapuca ali perto e se afastou. Ainda restara uma armadilha que deixaria em outro local mais distante da primeira. Continuou caminhando quando teve a impressão de ouvir as folhas no chão sendo pisadas por alguém. Com o canto dos olhos, avistou um animal de quatro patas. Logo entendeu que se tratava do espírito do coiote. Desde o episódio em que o enfrentara, antes da morte de Altsoba, não existira um contato visual tão próximo. O quadrúpede sumiu de sua visão periférica. Kane não soube avaliar se o bicho sumira, como em um encantamento, ou se conseguira se esconder atrás das árvores e do mato.

Kane permaneceu em silêncio, olhando ao redor. Caminhou sorrateiramente na direção em que avistara o animal. Passou por uma vegetação alta e distinguiu o coiote correndo por um caminho íngreme. Decidiu ir atrás do bicho em uma marcha rápida. O perseguido parou a uns quarenta metros de distância ao lado de uma árvore. Seu focinho cheirava um montículo de folhas secas. O coiote, vendo Kane se aproximar, decidiu se afastar.

Blackmoon, curioso, agachou-se e revolveu as folhas sobre a terra. Embaixo delas descobriu ossos limpos e brancos, sem nenhuma carne. Encontrou também um pedaço de uma roupa, possivelmente um vestido. Seria de alguém da família da cabana, perguntou-se. Se quisesse seguir adiante para investigar novos vestígios dos desparecidos, precisaria voltar para casa e se preparar para uma viagem mais longa. Ainda procurou mais um pouco pelo coiote até que desistiu.

Chegou à habitação dos Jacksons sem ter caçado coisa alguma. Durante aquela noite, para dormir um sono tranquilo, deixou ao alcance de sua mão o fiel Colt com seis balas de prata no tambor. Lá fora, o vento e o frio aumentaram sua força. Não se via nenhuma estrela no firmamento. Estava tudo escuro.

De manhã cedo, Kane arrumou sua mochila com alguns víveres, um cobertor, agasalhos, uma adaga e a machadinha de Klah. Vestiu o cinto com o coldre e o revólver. O dia estava fechado e o céu, branco. O mestiço voltou pelo caminho do riacho passando pela toca em que deixara a armadilha. Dentro dela havia uma lebre. Kane vibrou com a sorte. Recolheu o bicho e o guardou. Pouco tempo depois, atingiu o local onde havia encontrado os ossos, seguindo em frente pelo caminho em que o coiote se afastara.

Kane continuou desbravando a montanha. O aclive acentuado fez com que tivesse de utilizar as mãos para ajudar na subida. O final da tarde ficou cinza e os primeiros flocos de neve se insinuaram. Blackmoon se encostou ao lado de um paredão para se proteger do frio e do vento. Ele acendeu uma fogueira para manter o corpo aquecido. Com uma adaga, tirou a pele da lebre e colocou a carne em um espeto de madeira sobre o fogo. Àquela hora estava com muita fome.

O cheiro dava água na boca. Ao ficar pronto, Kane tirou o espeto do fogo. Quando se preparava para dar a primeira mordida, surgiu diante de si o coiote. O mestiço não percebera a sua aproximação. O canídeo poderia ter roubado a carne com os dentes e fugido sem dar chance para Kane. Contudo, apenas se aproximou para cheirar o assado.

— Você está com fome?

Kane cortou uma coxinha da lebre e jogou para o animal, que avançou no pedaço. O mestiço lembrava bem do espírito que protegia Altsoba. Aquele coiote era o mesmo. Porém, não tinha os olhos injetados de raiva quando observava Kane. Parecia um bicho menos selvagem. O coiote voltou para a floresta com o seu prêmio e desapareceu da vista de Blackmoon entre as árvores. O espírito do coiote, ao trocar de protegido, também mudara a personalidade. Kane percebeu essa diferença assim que o encarou de perto.

O caçador de recompensas adormeceu e acordou antes mesmo de amanhecer, sentindo o corpo dolorido de dormir ao relento e no frio. A noite de neve intermitente deixara tudo branco a sua volta. Levantou acampamento e colocou a mochila nas costas. Teve a sensação de que não deveria seguir muito além daquele ponto. Quanto mais distante da cabana, mais riscos ele corria. No entanto, subiu por cerca de uma hora a encosta da montanha. Estava decidido a regressar quando enxergou de novo o coiote. O animal esperava por ele. O canídeo começou a caminhar em uma direção bem íngreme daquele território. Sem saber se fazia o melhor, o mestiço abraçaria o seu instinto. Já havia seguido, em outras oportunidades, um corvo. Agora seguiria um coiote de faro aguçado. Talvez o animal pudesse encontrar mais pistas das pessoas desaparecidas. Se não localizasse nada até o anoitecer, Blackmoon voltaria ao lugar em que acampara na última noite.

O mestiço acompanhou de longe o coiote, que vez ou outra olhava para verificar se o homem o seguia. Flocos de neve caiam silenciosos e esparsos. Kane caminhou algumas horas até que o canídeo parou ao lado de uma elevação rochosa, escavou a neve e se afastou. Blackmoon se aproximou do local mexido pelas patas do bicho. Não encontrou nada que pudesse indicar uma pista. Decidiu mesmo assim escavar com as próprias mãos. As luvas de couro que usava ficaram molhadas. Enfim, descobriu ossos. Entre eles, um fêmur quebrado. A força da coisa que fizera aquilo devia ser assombrosa. Somente de pensar que tipo de assassino seria capaz daquele crime, Kane ficava tenso e preocupado. Podia sentir uma espécie de vibração negativa naquele ponto da floresta. Aquela quantidade de ossos significava que qualquer procura por sobreviventes seria em vão. Deviam estar todos mortos. No entanto, não lhe restava dúvidas de que o criminoso vivia muito perto dali. Só não tinha certeza se o que procurava era algo humano ou inumano. Chegara a hora de voltar e informar o xerife de que naquele perímetro encontrariam o infrator. Precisavam se preparar para o pior.

Kane iniciou o caminho de volta sem a companhia do coiote. Para dificultar o seu retorno, uma forte nevasca começou a desabar do céu. O vento zuniu com toda a força em seu ouvido. Parecia que o mundo acabaria no próximo instante. Kane amaldiçoou a si mesmo, deveria ter sido mais prudente retornando antes para a cabana. Ainda não era época para um inverno tão rígido. Porém, como soubera pelos homens da lei que o levaram até a montanha, os estranhos desaparecimentos sempre vinham acompanhados de uma forte temporada de nevascas.

O mestiço estava próximo do último ponto em que acampara. Faria uma nova fogueira, precisava sobreviver àquela noite. Teve receio de se perder, pois não enxergava mais do que dez metros a sua frente. Foi quando ouviu um rugido monstruoso ao seu lado. Não conseguiu ver o que o atacou. Mas sentiu o seu rosto quase dilacerar ao ser atingido por garras. Pôde provar o gosto de sangue escorrendo à boca. Por instinto chegou a sacar o revólver do coldre. Porém, algo peludo o acertou também no peito, rasgando suas roupas. O impacto fez com que caísse, soltando o Colt. Kane, sem resistência, foi pego por um dos pés e arrastado pela neve gelada. Tentou permanecer acordado, no entanto, perdeu a consciência. Os golpes nocautearam o caçador de recompensas.

4.
O canibal

Kane acordou desorientado. A cabeça latejava. Ao abrir os olhos, via tudo de cabeça para baixo. Estava escuro, quase não conseguia enxergar, o ar era gelado e fétido. Continha aquele cheiro nauseabundo de mercúrio. Tocou no coldre em busca do seu Colt, mas não o encontrou. Então, se lembrara de como havia perdido o revólver. O mestiço passou a mão no rosto e percebeu que os ferimentos haviam se fechado. Pensou no demônio. *"Notou minha falta, parceiro"*, a voz roufenha ecoou em sua mente. *"Só não deu para costurar a perna"*, riu. Kane olhou para cima e tomou consciência de um gancho que pendia em uma corrente de ferro, cravado na sua perna esquerda. A perna direita estava livre. Ao compreender a situação em se encontrava, Kane teve vertigens. O mestiço selou as pálpebras tentando se acalmar e pensar no que devia fazer. Mesmo a regeneração concedida pelos poderes do demônio não podia repor o sangue que havia perdido.

Abriu os olhos novamente e resolveu examinar o chão. Estava a uma altura de mais ou menos dois metros. Observou sua mochila caída perto dali. Em seguida, tentou alcançar com as mãos o gancho, erguendo o abdômen. Entretanto, não conseguiu. Quase chorou de dor. Não entendeu porque o demônio não recuperava seu grave ferimento na perna esquerda. Mesmo sem fazer qualquer pergunta para o seu prisioneiro, recebeu uma resposta: *"Tenho meus segredos"*, disse o demônio entre dentes e risinhos de escárnio. O maldito conseguia ler a mente de Blackmoon, especialmente, quando o mestiço se lembrava dele.

Kane utilizaria os poderes de sombra do seu inimigo. Assim conseguiria se soltar. Levantou sua mão direita visando à corrente de ferro atrelada ao gancho que o prendia. Teve de se esforçar para superar a vontade do demônio, pois se sentia fraco depois de perder tanto sangue. Com a força do pensamento fez com que surgisse um tentáculo de sombras saindo de seu braço, que se aproximou da perna presa e, ao encostar-se ao ferro para libertá-la, se encolheu como se tocasse em brasa quente. Uma fumaça surgiu daquele contato e um grito estridente soou dentro da cabeça de Kane. O demônio sentira dor. Tinha sido ferido.

— Este é um dos seus segredos, maldito? Você tem repulsa ao ferro.

"Descobriu, idiota!", o demônio disse. Dessa vez, sem a risada irritante. Kane não tinha tempo a perder. Se a coisa que o capturara voltasse e ele estivesse ali preso, não poderia escapar. Kane começou a se balançar e, com as mãos, passou a puxar a própria perna presa. Precisava suportar a dor para não desmaiar. No terceiro puxão, o pedaço de carne que estava preso rasgou. A perna se libertou do gancho e Kane caiu estatelado de costas no chão rochoso. Seu

grito ecoou por galerias. Blackmoon estava próximo a uma fonte de luz, pois não permanecia totalmente às escuras naquele lugar. Ao menos enxergava, mesmo que de maneira parca, dois metros adiante. No entanto, ao escutar o seu próprio grito ecoando, teve certeza de que aquele lugar podia conter caminhos extensos.

Caído, sentiu tudo ao seu redor girar. Estava muito fraco. Não podia desmaiar. Concentrou-se para manter a consciência. O poder curativo do demônio atuava apenas longe do ferro. A perna livre iniciou a sua regeneração de maneira lenta. Mesmo naquele ritmo, aliviava a dor do mestiço. Uma cicatriz marcou o local do buraco e do corte que sofrera em seu membro.

Ao abrandar a tontura, Kane se levantou. Ainda sentia a perna dolorida. Rasgou o restante da calça inutilizada, na perna esquerda, e enrolou na ponta de um galho retorcido que encontrou no chão. Embebeu o pano com óleo que trazia em uma latinha em sua mochila. Com uma pederneira, que sempre carregava consigo, em poucos minutos produziu as faíscas necessárias para tocar fogo na tocha improvisada. Só então visualizou melhor onde se encontrava. A corrente que o aprisionava estava amarrada a uma trave de madeira no teto irregular de uma caverna. Existiam outras traves no teto e também postes do mesmo material ao longo das paredes. Um carrinho de mineração enferrujado repousava sobre um trilho desativado no final do caminho. Kane tinha sido aprisionado em uma mina abandonada. Gostava de ouro, é bem verdade, mas tudo o que queria naquele momento era procurar pela saída. Pegou a arma que tinha na mochila para se defender, a machadinha presenteada por Klah.

Kane acompanhou os trilhos, na direção oposta do seu cárcere, por um túnel de oito metros que desembocou em um novo túnel. À direita, observou um aclive que conduzia para a saída da mina a quinze metros de distância. Enxergou a neve caindo e a brancura do dia. À sua esquerda, havia outro túnel que levava para baixo. A saída estava tão próxima que teve vontade de fugir. No entanto, se outras pessoas estivessem vivas, Kane precisava ajudá-las.

Um grito provindo das galerias mais profundas o ajudou a decidir. Começou a correr na direção de onde vinha o som de desespero. Vinte metros depois, Kane chegou a uma trifurcação. Não soube dizer de qual dos três túneis viera o berro, então, aleatoriamente, escolheu o túnel da esquerda. Seguiu os trilhos, desembocando em um novo salão onde presenciou um espetáculo de horror. Três correntes pendiam de uma grossa trave de madeira instalada para conter o teto. Em ganchos, restavam presos corpos dilacerados. Pendurado pelas costas havia metade de um corpo masculino. Da cintura para baixo não sobrara nada. A carne apodrecia no tronco revelando parte dos ossos. Os restos de outra pessoa foram cravados pelo gancho em uma perna. Ao contrário da primeira, a metade que sobrara era a de baixo até a cintura. Pela ausência de roupas, Kane reconheceu se tratar do corpo de uma mulher. Na terceira corrente, outro homem fora enganchado, dessa vez pelo céu da boca. Ficaram preservados somente a sua cabeça, os ombros, o braço esquerdo e parte do peito. As suas vísceras estavam espalhadas pelo chão.

Horrorizado, Kane retornou pelo mesmo caminho e entrou no túnel central que se embrenhava para baixo. Deixaria o túnel da direita para mais tarde. Seguiu pelo trajeto até chegar a uma bifurcação. Tomou a rota da esquerda e alcançou outra sala com cheiro de morte. Lá encontrou empilhados ossos humanos de todos os tipos, incluindo crânios e arcadas dentárias. Próximo aos ossos, viu também algumas ferramentas enferrujadas jogadas em um canto: um cutelo e facas de diversos formatos e tamanhos. Um monstro não precisaria de ferramentas para devorar suas vítimas. Um humano sim. Sem refletir muito sobre a natureza do assassino, Kane voltou rápido pela mesma passagem que viera.

Ao regressar à bifurcação, entrou no túnel oposto e encontrou uma sala com mais três indivíduos enganchados ao teto por correntes. Sem dúvida, as correntes com ganchos eram obra de um maníaco. Uma mulher dependurada pela perna e de cabeça para baixo abriu os olhos ao enxergar a luminosidade da tocha de Kane e gritou. Sua garganta doía de tanto repetir a mesma ação de tempos em tempos. No entanto, não fora capaz de pedir socorro racionalmente, pois estava em choque. Os outros dois presos permaneciam calados, sem vida. A aprisionada revelava um corpo magro. Talvez já estivesse por lá há bastante tempo.

— Tenha calma. Preciso que você tenha calma — disse Kane.

O mestiço se aproximou da vítima. A mulher tremia. Kane assentou a tocha no chão de maneira que ainda pudesse iluminar os dois. Depois guardou a machadinha na mochila.

— Vou precisar que você tenha muita coragem para que eu possa levá-la embora daqui — Kane falou com determinação.

Blackmoon subiu em uma rocha para se aproximar da perna enganchada. Ergueu os braços para alcançá-la e disse:

— Agora, preste atenção. Vou puxar a sua perna e você vai cair. Ao tombar no chão, aterrisse com as mãos e os braços primeiro.

— Ele vai voltar... — a mulher conseguiu dizer.

— Eu sei — concordou Blackmoon. — Vou contar até dois e puxar o gancho. Entendeu?

Ela não disse nada. Kane quase gritou:

— Preciso que você diga que entendeu.

O mestiço não queria que a mulher caísse de cabeça no solo. Se isso acontecesse, a operação de resgate poderia ser em vão.

— Entendi — disse a prisioneira com a voz fraca.

Kane Blackmoon fez contagem regressiva e moveu o gancho da perna da vítima. O sangue espirrou. A mulher caiu. Suas mãos atingiram o chão, depois um dos cotovelos e o ombro direito. Ela conseguiu evitar que o rosto ou a cabeça se espatifassem no solo. Mesmo assim, gemeu de dor.

O caçador de recompensas desceu da rocha e foi ajudá-la. Tocou na testa da mulher e confirmou a febre. Rasgou uma parte do vestido para fazer um torniquete na perna e tapar o buraco que sangrava.

— Colabore comigo. Afaste a dor de sua mente. Vou ajudá-la.

Kane pegou a tocha com a mão esquerda e se agachou ao lado da mulher, erguendo-a pela axila com o braço direito.

— Tente manter a perna boa em movimento quando eu caminhar. A outra, você vai apenas arrastar. Puxarei você.

A mulher concordou com um movimento positivo da cabeça. Ela se segurava em Kane o melhor que podia, apertava dentes contra dentes, como se assim pudesse amenizar a dor. Além do furo na perna, havia algumas escoriações pelo corpo.

Kane estava com a visão turva. Apenas a adrenalina que disparava o seu coração era capaz de mantê-lo em pé. Já na bifurcação, os dois rumaram pelo túnel central. Chegando à trifurcação, continuaram se dirigindo para a saída. O mestiço pretendia fugir o quanto antes dali, mas como ainda não tinha investigado um dos túneis, decidiu que não deveria partir da mina. Queria ter certeza de que não havia mais ninguém vivo naquele açougue dos infernos.

— Descanse — disse Kane deixando a mulher se sentar e recostar-se na parede.

O caçador de recompensas pegou a machadinha de Klah da mochila e a entregou nas mãos trêmulas da desconhecida.

— Use isso se ele te encontrar. Vai funcionar — disse enquanto acomodava a mochila novamente nas próprias costas.

Kane começou a se afastar para explorar o caminho que faltava.

— Aonde você vai? Não me deixe aqui sozinha.

— Eu já volto. Continue sendo forte.

A mulher, mesmo com o emocional em frangalhos, assentiu e agarrou firme a machadinha.

Empunhando apenas a tocha que começava a se extinguir, em menos de cinco minutos de caminhada, Kane adentrou um novo salão. O último daquele covil. O mesmo cheiro de morte invadiu suas narinas e pulmões. Uma pilha de corpos, em estágios de decomposição diferentes, amontoava-se em um canto. Sem ficar para contar o número de cadáveres, deviam ser entre seis e oito, retornou nauseado pelo mesmo trajeto.

Voltou a encontrar a mulher. Ajudou-a a se levantar e a apoiou em seus ombros. Não trocaram palavras. Começaram a caminhar rumo à saída. A neve lá fora continuava a cair, naquele momento, de forma amena. Contudo, o dia brilhava. Kane virou-se para a mulher e disse:

— Nós vamos conseguir.

— Espero que sim — ela disse com ânimo renovado.

Nesse breve espaço de tempo, enquanto conversavam, Kane percebeu que a luminosidade do sol se desfizera dentro da mina. A mulher olhou para a saída e suas pupilas se dilataram. O queixo se escancarou e as cordas vocais produziram um grito de puro horror.

Kane congelou, a coisa bloqueava a saída da caverna. Contra a luz, o mestiço não pôde definir com precisão as feições do canibal que os encarava. Embaixo do braço trazia um corpo pequeno. Talvez fosse uma criança.

O raptor urrou, o som tremeu o túnel. Em seguida, jogou o corpo capturado no chão, como um pedaço de pano, e avançou na direção dos dois fugitivos. Kane teve de soltar a mulher, que caiu sentada no chão. Sem conseguir se sustentar em pé, ela gemeu de dor.

A criatura avançou sobre Kane e deu um safanão na tocha, que foi lançada contra a parede e apagou. A luminosidade que vinha de fora era parca, mas ainda permitia que todos pudessem encontrar a rota de fuga e visualizar os seus adversários. Dessa vez o mestiço não fora apanhado de surpresa. Estava frente a frente com a coisa. Invocou os poderes do demônio que aprisionara para se defender. Manipulado pela força de vontade de Blackmoon, um tentáculo de sombras brotou do próprio peito e se enrolou no braço esquerdo do agressor, evitando que pudesse dar outro golpe. *"Precisando de mim de novo"*, o demônio riu como sempre fazia, zombando do mestiço.

De perto, o mestiço analisou melhor o seu inimigo. Sua altura, de mais ou menos dois metros e quarenta, obrigava-o a manter-se curvado para passar pelo túnel. O corpo, quase esquelético, em alguns pontos era provido de um pelo marrom e ralo. A barriga, o pescoço e os pés, sem pelos, pareciam como os de um homem. O rosto lembrava algo humano, mas apresentava um focinho e uma boca larga, repleta de dentes afiados e acavalados. Os olhos azuis manifestavam certa inteligência maligna.

Com a mão livre, o monstro conseguiu atacar Kane pelo pescoço e derrubá-lo. O mestiço produziu mais dois tentáculos de sombras que cresciam de seu corpo. Um deles agarrou o pulso esquerdo do monstro e o outro se enrolou em sua cintura. Mesmo utilizando os atributos do demônio, Blackmoon fraquejava. Tinha perdido muito sangue e o canibal aparentava estar no auge das suas forças. *"Assim que você morrer, ficarei livre"*, disse o demônio em sua cabeça. As garras do agressor começaram a penetrar no pescoço do mestiço. Mesmo a regeneração natural que o demônio lhe emprestava sob suas ordens não daria conta de salvá-lo.

Os dentes da criatura se aproximaram perigosamente do rosto de Kane. O caçador de recompensas sentiu o bafo de carne podre instalado nas entranhas do bicho. Sabia que, se desistisse, não teria uma segunda chance. Sentia-se prostrado, a sua força se esvaía a cada instante. Então, sem saber por que, percebeu os olhos do canibal se arregalarem e aos poucos se encherem de sangue. A tenaz e poderosa mão que prendia o seu pescoço começou a soltá-lo. A criatura caiu sobre o corpo de Kane, que o empurrou para o lado.

O monstro já estava sem vida. Logo atrás da criatura, avistou a mulher ajoelhada e em choque, próxima dos dois. Então, o mestiço viu a machadinha de Klah cravada na cabeça do rival, como se aquele crânio fosse feito de manteiga.

Kane passou a mão sobre a garganta e percebeu seus ferimentos fecharem gradativamente.

— Obrigado — disse Blackmoon. — Você teve muita coragem.

— Você é humano? Eu vi... Eu vi os tentáculos...

— Sou humano sim. Não sou como o monstro que a prendeu. Vim para ajudar. Existem muitas coisas estranhas no mundo. Comigo você não precisa se preocupar.

— Vamos embora daqui, por favor!

— Seu pedido é uma ordem. Não quero ficar mais nenhum minuto neste lugar.

Kane se aproximou para recolher a machadinha presenteada por Klah e, ao retirá-la daquela cabeça, presenciou uma transformação. A estatura da criatura começou a diminuir e o corpo a perder pelos até se metamorfosear em um homem branco e raquítico.

— Que demônio era esse? — indagou a mulher.

Ela fez o sinal da cruz.

— Não era um demônio. Ouvi de um amigo *navajo* a história sobre um canibal que devorou a própria família e foi amaldiçoado pelos espíritos da floresta. A maldição transformou o infrator em um *wendigo*. Uma criatura maldita que pode hibernar durante alguns anos e voltar para saciar a sua fome voraz.

Kane colocou a machadinha de Klah de volta na mochila e ajudou a mulher na caminhada para fora daquele ventre com cheiro de morte. Enquanto ela permaneceu encostada na entrada da mina desativada, Kane verificou se a criança capturada ainda respirava. O menino acordou sem saber onde estava. Afirmou que o seu corpo doía, além de sentir muito frio. Queria voltar para casa. O mestiço o tranquilizou prometendo que o deixaria são e salvo em seu lar.

    A neve cessara por completo e o sol surgia forte, a pino, no alto do céu. De cima da montanha, os três avistaram a cidade como um pequeno ponto bem distante. O retorno não seria fácil, mas a vontade de sobreviver ajudaria na caminhada. Kane nunca soube com certeza se a nevasca antes do auge do inverno se devia à presença do *wendigo* ou à vontade misteriosa da natureza. Isso na verdade não importava. O fato é que o tempo melhorara e só assim eles puderam chegar vivos em seu destino.

O TREM DO INFERNO

1.
Os vagões da primeira classe

Kane Blackmoon mostrou sua passagem para um funcionário à porta do vagão que, após conferir o bilhete, liberou a sua entrada sem abrir sorriso. O mestiço caminhou por um corredor estreito. Ao passar por uma mulher, acenou de maneira educada. Porém, seu gesto não foi retribuído. Não deu maior importância para o fato, pois estava habituado com a sua condição. A cor da pele acobreada, indígena, naquela terra dominada por conquistadores brancos, gerava olhares de desconfiança.

Depois do seu último trabalho, sentia-se no direito de uma poltrona confortável. Podia pagar por um atendimento diferenciado, e na América, em geral, o dinheiro comprava quase tudo. Seu interesse era atravessar o continente, deslocando-se até a costa leste, mesmo tendo regiões do oeste que ainda não conhecia. Viajar tinha se tornado uma rotina para Kane. Fixar-se em um local, em uma cidade, durante muito tempo, não costumava ser sua praxe. Estava interessado em trafegar para o que chamavam de mundo civilizado, para conhecer algo diferente do oeste indômito.

Abriu a porta da cabine em que ficaria instalado durante algumas noites. Antes da ferrovia transcontinental, uma viagem com diligências podia durar mais ou menos quatro meses. Certamente, uma viagem desgastante. No entanto, Kane desfrutaria de certas regalias. Disseram-lhe que havia um vagão com bar, restaurante e jogos para distração. Local frequentado por cidadãos de índole austera. Essa ele pagaria para ver, conhecera pouquíssimas pessoas durante sua vida capazes de sustentar essa qualidade rara. Lembrou que o bilheteiro informara da maciez do banco: de tão confortável, podia se converter em cama. Considerou que faria uma travessia tranquila e diferente do que estava acostumado.

Um homem trajando roupas elegantes e com o bigode bem aparado ocupava a cabine em que Kane estava entrando. O desconhecido falou:

— Não quero nada agora, camareiro. Não se esqueça de fechar a porta ao sair.

O sujeito arrogante sentava em um dos dois bancos vermelhos, compridos e de veludo que ficavam frente a frente.

— Desculpe, cavalheiro, mas não sou nenhum atendente. Tenho um lugar reservado aqui!

O homem lhe lançou um olhar de desprezo e virou o rosto para a janela. O movimento na estação era intenso. Kane acomodou uma maleta estreita e comprida embaixo do banco oposto ao do companheiro de viagem. Sentou-se diante do sujeito e depositou uma sacola de couro com seus pertences entre os próprios tornozelos.

Mesmo vestindo boas roupas, Blackmoon sentia o preconceito no olhar dos brancos. Seu terno era composto por um paletó e calças, sem riscas, negros, da mesma fazenda, e o colete amarelo, de fino bordado. Preso por uma corrente dourada, no botão do colete, levava um relógio acomodado no bolso. Retirou a cartola, colocando-a sobre as pernas. Seus cabelos estavam compridos e dispostos em uma única trança.

"*Acabe logo com ele*". Kane ouviu uma voz. Já conhecia aquele timbre grave e arranhado. De tempos em tempos, o demônio que habitava o seu corpo conseguia se manifestar. Suas intervenções não aconteciam com frequência. O mestiço domava o mal dentro de si, evitando que a criatura das trevas pudesse emitir opiniões ou manipulasse a sua vontade. Porém, às vezes, escutava a voz venenosa tentando controlar os seus desejos. Apenas a ignorou, silenciando-a.

Kane estava com sono. Chegou a pestanejar. Recém havia almoçado. O trem partiria da estação às catorze horas. Ainda faltavam alguns minutos quando o mestiço escutou a porta da cabine se abrir. Uma mulher e um homem idoso entraram.

— Bom dia, senhores! — o idoso cumprimentou seguido da mulher, que fez o mesmo. Kane e o sujeito sisudo retribuíram. — Podemos colocar nossas malas nas camas superiores?

— Fique à vontade, senhor. Parece que eu e meu amigo ficaremos com as de baixo. — O sujeito apenas movimentou a cabeça em um gesto de consentimento e voltou a olhar para o movimento da estação.

Na cabine, os assentos eram utilizados como leitos e havia também compartimentos superiores, que escondiam mais duas camas. O idoso abriu as tampas laterais acima dos bancos, revelando-as. Parecia conhecer bem o trem e estar acostumado com a viagem. Kane, percebendo a dificuldade do homem, que se apoiava em uma bengala, decidiu ajudá-lo a levantar as malas. Logo que terminaram, a mulher agradeceu:

— Obrigado por nos ajudar. Meu pai já não tem a mesma força de antes.

— Não diga isso, minha filha. Ainda posso domar um garanhão, se for necessário.

A mulher sorriu e Kane também.

— Posso sentar aqui? — O velho apontou para o espaço vazio ao lado do desconhecido, que se limitou a responder que sim, com expressão de poucos amigos. — Com sua licença. — O velho se acomodou.

A mulher ocupou o lado de Kane. Ela tinha mais ou menos trinta anos. Seus cabelos volumosos e vermelhos estavam presos em um coque. As sardas salpicavam em seu rosto, a pele era branca como o leite, a boca, de lábios carnudos, encantava, a sobrancelha grossa e bem aparada delineava os olhos, que eram azuis-claros como o céu mais limpo. Vestia-se com um vestido azul-escuro, com ricas rendas, que evidenciava uma vida abastada. Adornando o pescoço esguio, via-se um colar de topázios. Combinando com a roupa, levava consigo uma sombrinha para se proteger do sol.

— Eu e meu pai já fizemos essa viagem antes. — A mulher puxou assunto com Kane. — Vamos fazer compras.

— Você vai fazer compras, Lucy! — interferiu o idoso, sorrindo amigavelmente. — Eu vou fechar negócios com velhos parceiros.

— Meu senhor, não dê muita atenção para o meu pai. Ele gosta de implicar comigo. — Ela sorriu para o pai e para Kane.

— Permita que eu me apresente. Meu nome é Kane.

— Meu pai se chama Arthur, e eu, Lucy. Mas me diga... E quanto a você, posso chamá-lo de você, não é mesmo? — Antes que Kane pudesse assentir, ela fez outra pergunta. — Você é comerciante como o meu pai? Está fazendo uma viagem de negócios?

— Não, não. Quero apenas conhecer as velhas cidades do leste. Gostaria de ver com os meus próprios olhos a civilização.

— Você não acha que somos civilizados?

— Até onde sei, o oeste ainda é uma das regiões mais selvagens do mundo. Em Nova Iorque, as pessoas desfrutam de facilidades que não temos por aqui. Lá as leis são cumpridas. Aqui ainda é terra de ninguém.

— Você tem razão, meu rapaz — disse o velho.

— Alguma razão, meu pai. Mas nem toda. A natureza aqui é farta e bela. As pessoas são mais simples.

Na cabine, a conversa foi interrompida quando tocou o apito do trem dando o último sinal de que partiriam.

— Ah, adoro viajar! É tão excitante — disse Lucy sorrindo.

As pessoas lá fora se despediam com acenos para aqueles que já estavam em seus vagões. O trem começou a se movimentar sobre os trilhos, deixando a estação. Lucy, Arthur e Kane continuaram conversando. O outro homem permanecia calado sem dar atenção para eles, limitando-se a observar o caminho. O deserto era amplo e os cânions podiam ser vistos ao longe. O sol castigava a terra, e mesmo assim era possível enxergar vida animal habitando aquelas paragens. Falcões e andorinhas levantavam voo quando o trem se aproximava. Para os mais observadores, às vezes, mamíferos se deixavam revelar, como coelhos, gambás e cães selvagens. Um mato ralo e árvores baixas de galhos com poucas folhas formavam a principal vegetação.

Horas se passaram naquela conversa agradável e repleta de amenidades até Kane pedir licença para ir ao bar do vagão. Lucy disse que mais tarde ela e o pai o encontrariam para o jantar. Ele falou que aguardaria a chegada deles. A noite começava a descer seu manto sobre o dia, destacando as primeiras estrelas no céu.

2.
Trapaceiros

Naquele trem, havia dois vagões especiais: o de jogos e o restaurante. O mestiço tinha interesse em apostar nas cartas. Passou pelo vagão do restaurante, que estava quase vazio não fosse pela presença de um homem e uma mulher que jantavam. Observando atentamente, Kane percebeu que já conhecia o sujeito. Era um policial federal. Havia cruzado com ele ao receber uma recompensa pela captura de um perigoso bandido. O indivíduo notou o mestiço e desviou o olhar, ignorando-o. Kane pretendia cumprimentá-lo, mas diante da arrogância, preferiu não dar maior importância ao fato. Seguiu em frente, entrando no vagão seguinte. Ao abrir a porta, a fumaça dos cigarros e charutos quase fez com que tossisse.

No local, avistou duas mesas circulares totalmente ocupadas por jogadores concentrados. Na única roleta, alguns sujeitos falando alto apostavam suas fichas. Havia um balcão com um barman servindo bebidas. Kane se sentou e pediu uma dose de *bourbon*. Acendeu um charuto, pois era melhor se engasgar com a própria fumaça do que com a dos outros.

Olhou os jogadores de cartas em suas mesas. Em cada uma delas havia um crupiê. Em uma jogavam pôquer e na outra, *blackjack*. Antes de fazer parte de qualquer um dos grupos, preferiu observar os jogadores. O seu colega de vagão, William Walker, que ao longo da tarde resolvera se apresentar, jogava com o semblante despreocupado. Provavelmente tinha uma boa mão.

Kane ficou surpreso quando Walker perdeu. Parecia tão confiante. O homem apresentara um *full house* com três dez e duas damas. Não era de todo ruim. Porém, para levantar as fichas, precisava de algo melhor. O seu adversário possuía um *straight flash* com sequência de espadas do sete ao valete. Walker, mesmo tendo perdido, manteve a compostura e se levantou da cadeira. O vencedor riu e disse que jogava desde criancinha. Os outros que já haviam sido derrotados também riram um pouco constrangidos. O companheiro de cabine de Kane se limitou a fitá-los sem dizer nada e deixou a mesa.

Antes que Walker fosse embora, o caçador de recompensas o convidou para tomar um drinque. O homem aceitou sem mostrar os dentes e solicitou uma dose de uísque para o garçom.

— Quer um charuto? — Kane tirou um do bolso antes mesmo da resposta. O homem não recusou.

— Diga-me, o que faz um índio na primeira classe? — indagou de maneira arrogante antes de acender o charuto com seus próprios fósforos.

— Você tem algo contra ou tem somente medo de índios? — Kane, quase irritado para não perder o humor, contra-atacou com uma pergunta.

— Não tenho medo de nada e nem de ninguém — respondeu Walker, tomando de um só gole a dose da bebida, que desceu queimando a garganta.

"Mentiroso. Deixa eu dar uma lição nele". Mais uma vez, a voz se manifestava no interior da alma de Kane, que preferiu continuar a ignorá-la.

— Seu blefe na mesa não foi nada eficaz — sentindo que aquela conversa não iria muito longe, talvez sendo inspirado pelo demônio aprisionado, Blackmoon o detonou com as palavras. — Eu diria que o jogo não é para você.

— Tenho outras habilidades. — Podia-se perceber que Walker possuía sangue quente, pelo tom que empregara na frase.

— De que tipo?

— Do tipo que fecha a boca de sujeitos abusados. — Walker se levantou. Colocou uma nota sobre a mesa enquanto olhava atento pelas janelas para o deserto à noite. Deixou o vagão sem se despedir de Kane e fumando o charuto que ganhara de presente. Sob o semblante fechado e de aspecto desinteressado de William Walker, existia um poço de tensão. Blackmoon ainda não sabia o que deixara o homem com os nervos à flor da pele. Tinha a impressão de que não se tratava da derrota no pôquer. O companheiro de vagão estava preocupado com alguma coisa desde que partiram da estação.

Kane pediu mais uma dose. Um lugar permanecia vago na mesa de jogo. Quando Blackmoon se preparava para assumir o espaço vazio, Lucy entrou no vagão e veio conversar com ele.

— Boa noite, Kane. Pensei que o encontraria jogando.

— Boa noite, Lucy. Antes de iniciar, é bom ver quem está na mesa. Vou entrar agora.

— Posso jogar também. Uma vez meu pai me ensinou as regras do pôquer.

— Se você não está acostumada, não aconselho. O jogo ali é sério. Aqueles sujeitos vão rapar sua bolsa. E, além do mais, não tem lugar pra dois.

— Tem sim. Olhe lá — Lucy apontou para a mesa. — Um cavalheiro acaba de abandonar o jogo.

O mestiço não tinha intenção de ser professor de ninguém durante a partida. Principalmente de alguém que via o mundo de maneira romântica, como a senhorita Lucy. Queria protegê-la daqueles urubus, isso se a deixassem participar do jogo.

— Boa noite, senhores! Gostaríamos de ocupar estes lugares — disse Kane.

— Um índio! — exclamou o sujeito que havia limpado os bolsos de William Walker.

— Não seja rude, meu senhor! — Lucy interviu, sorrindo e inclinando-se sobre a mesa. O longo decote mostrava parte de seus seios. — Meu irmão e eu queremos apenas nos divertir. Temos dinheiro para apostar.

Kane tentou esconder a surpresa ao escutar Lucy o chamando de irmão. *"É uma safada, não concorda? Aqueles seios poderiam estar em nossas mãos". "Fique quieto"*, Kane disse mentalmente, tentando inibir o demônio. Dessa vez, não conseguira evitar a provocação. *"Você gostou da vagabunda, por isso, se não me deixar sair o quanto antes, assim que eu tiver oportunidade, vou comer a alma dela bem devagar e na sua frente. Prometo"*. Kane precisava manter o sangue frio, decidiu não retrucar. Não devia alimentar a força de vontade do demônio com discussões.

O caçador de recompensas tentou imaginar por que Lucy o teria chamado de irmão. Qual a motivação daquela dama para ter inventado uma mentira? Talvez o embuste fosse apenas para protegê-lo do preconceito. O mestiço ao lado de uma mulher branca, bonita e rica obtinha um pouco de tolerância naquele mundo.

— Neste trem, todos que podem pagar por suas apostas têm o direito de jogar — falou o crupiê.

— Até mesmo mulheres e índios? — perguntou o mesmo sujeito, com expressão indignada.

O crupiê apenas indicou os lugares para que os dois se sentassem.

— Irmãozinho, compre umas fichas para nós — pediu Lucy, sorridente.

Kane, por um instante, não teve reação.

— Depois pago você — por baixo da mesa, Lucy deu um beliscão na perna de Kane, que, contrariado, levou a mão ao bolso, pegando alguns dólares.

Assim que o jogo começou, Lucy teceu ininterruptos comentários sobre a vida cotidiana. Os jogadores, a princípio, pareceram incomodados com a conversa — anteriormente estavam muito concentrados, não davam nem um pio naquela mesa. Porém, Lucy inebriava com seu encanto. E, por isso, toleravam a mulher. Os sujeitos, principalmente um velho e rico fazendeiro, não paravam de olhar para os seios de Lucy, que quase transbordavam pelo decote ousado.

Kane comprou cartas muito ruins e desistiu de apostar logo na segunda rodada. Lucy aumentou a aposta. O mestiço achou que a mulher devia ter um bom jogo, no entanto, ao serem reveladas as cartas, constatou que eram péssimas. Não passavam de um par de seis de paus. O sorriso dela, mesmo na derrota, era encantador. Se não estava muito fácil tolerar suas histórias pueris, a beleza e o dinheiro deixado na mesa compensavam. Lucy afirmava que era uma grande jogadora, mas à medida que as rodadas foram passando, nenhum dos participantes acreditava em suas palavras, sendo que já começavam a aconselhar que deixasse o jogo. Kane ganhou uma partida apresentando um *flush*, uma sequência de cinco cartas do mesmo naipe. Porém, ainda não era o suficiente para recuperar o que tinha gasto com as suas apostas e as apostas suicidas da nova amiga.

De relance, Kane viu Lucy puxar uma carta de um bolso escondido no vestido. Percebeu que mais ninguém enxergara a trapaça que se aproximava. Os homens haviam deslocado a atenção do jogo para a voz e a beleza de Lucy. O mestiço desistiu de apostar, mesmo tendo uma combinação muito boa. Lucy aumentou e dois dos participantes continuaram apostando. A mesa se encheu de fichas, até que os jogos de Lucy e do velho fazendeiro tiveram de ser revelados. Ele possuía uma quadra de reis, enquanto Lucy havia feito a melhor combinação possível: um *Royal Flush* de ouro. Ninguém fizera um daqueles durante toda a noite.

Lucy sorriu de maneira amigável e, ao mesmo tempo, sensual. Praticamente colocou os seios sobre a mesa para puxar todas as fichas. Os homens aplaudiram, mesmo tendo perdido uma pequena fortuna.

— Cavalheiros, creio que está na hora de me despedir. Não é bom abusar da sorte. Estou cuidando do meu velho pai que, a essa hora, deve estar precisando de meu auxílio para conduzi-lo ao restaurante.

A mulher levantou, tendo olhos apaixonados e de volúpia admirando o seu corpo.

— Venha, irmãozinho — ela chamou Kane, que ainda estava sentado e sem acreditar na ousadia da mulher.

O mestiço a acompanhou e, antes que pudesse protestar, Lucy colocou o braço esquerdo entrelaçado ao seu braço direito. Trocaram as fichas com o crupiê e deixaram o vagão. Ao chegar ao restaurante, o pai de Lucy já estava sentado à mesa, bebendo um vinho. Quando os dois se aproximaram, ele comentou:

— Vejo que estão se dando bem.

— Kane é um cavalheiro, papai.

Lucy sentou e puxou uma cadeira para Kane, que se acomodou ao seu lado.

— Eu vi o que você fez. Eles vão descobrir — disse o mestiço.

Arthur se aproximou dos dois e disse:

— Você deve ter percebido o método da minha filha, rapaz. Achei mesmo que você era um sujeito esperto e observador — falou o pai de Lucy cochichando.

— Logo o crupiê ou algum dos jogadores vai perceber que existem duas cartas iguais no baralho — argumentou Kane sem elevar a voz.

— Não se preocupe, Senhor Esquenta-Cuca. Meu verdadeiro irmão é o crupiê. A essa altura, ele já abriu um baralho novo. Vamos dividir o dinheiro com você. — Lucy abraçou Kane e o beijou no rosto. — É hora de agir naturalmente. — A mulher deixou de cochichar a partir daquele instante e chamou o garçom em alto e bom tom, solicitando mais duas taças de vinho e outra garrafa. Ela sorria de satisfação pelo golpe bem-sucedido.

Kane tentou relaxar. Concluiu que se tinham saído da sala de jogos sem nenhum contratempo e estavam tranquilos se divertindo, nada poderia dar errado. O trio continuou bebendo. O mestiço se integrava fácil àquela dupla de trapaceiros. Simpatizara com eles, principalmente com o olhar sedutor de Lucy. Quando tudo parecia bem, tiveram a impressão de escutar um trovão. Kane olhou pela janela, mas a noite clara, de lua cheia, não revelava nuvens, muito menos a chance de alguma tempestade próxima.

— Acho que foi um tiro — disse Arthur.

— Será? — perguntou Lucy apreensiva.

Escutou-se novamente outro ribombar, seguido de um grito. Vinha dos vagões de trás. As pessoas no restaurante se agitaram. Kane percebeu que o federal não estava mais jantando com a sua companhia.

— Algo estranho está acontecendo. Creio que ficaremos seguros em nossa cabine, caso tenhamos problemas.

— Não é melhor permanecer aqui? — perguntou Lucy, segurando no braço de Kane enquanto levantava. — Se estiver acontecendo alguma coisa, será melhor ficarmos juntos de outras pessoas do que sozinhos.

— Deixei minha arma na cabine — falou Kane.

— Se for um assalto, esqueça a valentia, rapaz. Entregaremos cada tostão para os bandidos — disse Arthur. — Prefiro continuar vivo.

— Já vi bandido desejar muito mais do que dinheiro, senhor — Kane olhou preocupado para Lucy.

A porta do vagão do restaurante foi aberta de supetão. William Walker apontava o cano de um Colt para o queixo de um homem magro e bem vestido. Atrás dele, outros dois sujeitos mal-encarados o acompanhavam com seus revólveres em punho.

3.
Assalto

William Walker mostrava os dentes como uma fera. Estava nervoso, pronto para puxar o gatilho. Kane não sabia quem era o homem que Walker fazia de refém. Logo ficou sabendo pelo próprio bandido:

— Este é o filho do governador. Se alguém se mexer, meto bala nele e em vocês. Outros dos nossos parceiros estão espalhados pelo trem. Não estamos sozinhos. Ouviram bem?

Os passageiros não pronunciaram uma palavra sequer, estavam como que congelados pela surpresa daquela invasão.

— Limpem os bolsos deles — falou Walker para os capangas.

Os dois fora da lei que o acompanhavam se aproximaram das pessoas e ordenaram que deixassem seus dólares, joias e relógios nos sacos de estopa que carregavam. Os assaltados obedeciam, deixando seus pertences. Lucy jogou dentro do saco apenas uma parte dos dólares que havia obtido no jogo. O bandido que a roubava percebeu que ela tentara ocultar o restante do dinheiro em um dos bolsos do vestido. O sujeito de olhar ameaçador, queixo quadrado e barba rala a cutucou com força no ombro com o cano de um revólver.

— Faça como o chefe mandou, moça. Coloque todo o seu dinheiro no saco senão quiser que eu o tome à força.

— Vá com calma! — Kane advertiu o bandido, mostrando que era capaz de reagir a qualquer momento.

— Você não sabe se comportar, não é mesmo, índio? — falou Walker com desprezo, dirigindo-se a Kane. — É hora de me respeitar.

William Walker apontou o revólver na direção de Kane e atirou. A bala veio rápida, atingindo-o na barriga. Todos os passageiros no vagão gritaram. O mestiço colocou as mãos sobre o ferimento e caiu curvado no chão, contorcendo-se de dor. Lucy, logo em seguida, se ajoelhou aos seus pés para ajudá-lo. A mulher apoiou uma das mãos sob a nuca de Kane e a outra sobre as mãos calejadas que apertavam o ferimento. Blackmoon, antes de perder a consciência, ainda pôde ver a expressão de desespero da nova amiga e escutar Walker rindo:

— Que sirva de lição para todos...

4.
O olhar do corvo

Kane abriu os olhos. Estava deitado em posição fetal. Percebeu que ainda se encontrava dentro do trem. Podia enxergar um pouco, mesmo naquela escuridão. Uma luz avermelhada entrava pelas janelas abertas. Para se levantar, apoiou as mãos nas tábuas do chão repletas de poeira. Sentiu uma fisgada na barriga antes de se colocar de pé. Observou sangue escorrendo por um buraco em sua roupa, bem abaixo do peito. Não havia ninguém no vagão do restaurante. Escutava o barulho da locomotiva. No mais, tudo era silencioso. Não havia sinal das outras pessoas. Nas mesas, restavam toalhas velhas e encardidas, cadeiras com os estofados rasgados, o balcão das bebidas com garrafas escurecidas pelo pó.

Aproximando-se de uma das janelas, percebeu que as paredes não eram de tábuas alinhadas. Tentou manter a frieza ao ver o que sua mente não queria admitir. No lugar da madeira havia carne, músculos e veias palpitantes, como se o trem fosse algo vivo. Talvez estivesse vivenciando apenas um pesadelo muito real. Sentia o cheiro podre daquela matéria orgânica. Quando verificou pela janela o caminho que percorria, o seu coração acelerou ainda mais. Por si só, o deserto sempre fora uma paisagem angustiante e o que enxergava agora o desconcertava. A terra continuava seca e em alguns pontos existiam pequenas crateras que exalavam fumaça. Além delas, destacavam-se algumas árvores secas e de médio porte espalhadas pelo terreno inóspito. Era possível avistar corpos humanos nus amarrados aos galhos dessas árvores com cipós espinhosos. Urubus de aspecto sem igual, fornidos com bicos afiados, dilaceravam sem pressa os indefesos torturados. Aguçando a audição, Kane ouvia gemidos misturados com o vento e o som das rodas do veículo desbravando os trilhos. O controle emocional de Kane ficara abalado. Fora tomado por uma vertigem que quase o derrubou. Apoiou-se sobre uma mesa e se afastou da janela.

Sem saber exatamente o que devia fazer para fugir daquele lugar, abandonou o vagão do restaurante e seguiu para a cabine onde deixara seus pertences. Abriu a porta feita daquele material de sangue e carne. Um visco pegajoso grudou em suas mãos. A cabine estava vazia. Kane se lembrou dos companheiros de viagem: Lucy, Arthur e o outro. Nem sinal deles. Embaixo do banco, deixara sua maleta. Abriu-a. O Winchester continuava lá dentro. Seu aspecto era de deterioração. O receptor de latão do *Yellow Boy* tinha perdido o brilho. A madeira do cabo envelhecera muitos anos, e o que havia de metal enferrujara. Havia comprado fazia pouco tempo aquele rifle. Desde que se envolvera com o sobrenatural, trazia consigo algumas balas de prata que Sunset Bison o ensinara a fabricar. Só de estar com a arma em punho, já se sentia mais seguro. Carregara o rifle com as balas especiais. Ainda preferia as armas convencionais, pois resistia a todo custo ficar se valendo de feitiçaria. Sabia que a vitalidade de Klah fora consumida pelo uso da magia. Não desejava o mesmo para si.

Assim que Kane saiu da cabine, no final do corredor, viu um homem de aspecto pútrido. Parecia morto, com olheiras profundas, pele descolando da face, um sorriso de dentes amarelados e afiados debaixo de um bigode ralo. Vestia roupas carcomidas pelo tempo.

— Você outra vez, índio? — interrogou o morto-vivo.

Kane percebeu quem era imediatamente: William Walker, o seu companheiro de cabine e assaltante, que o acertara com um balaço na barriga. O bandido levantou o braço direito apontando o revólver para o caçador de recompensas, que dessa vez tinha como se defender. Blackmoon mirou o Winchester no inimigo e disparou mais rápido. A bala de prata zuniu, acertando o peito de Walker. O seu sorriso se dissipou aos poucos, assim como o corpo, que foi se desvanecendo como névoa fantasmagórica no ar junto de uma gargalhada dissonante.

Kane pretendia voltar para o restaurante. Pela porta fechada do vagão, porém, topou com um líquido negro escorrendo pelas frestas como se fosse invadir o lugar. Decidiu seguir pelo caminho oposto, que anteriormente estava protegido por Walker. O mestiço abriu a porta e se dirigiu ao vagão seguinte. Então, estacou quando uma pessoa acocorada no fundo do corredor se levantou. Uma mulher vestia roupas escuras. Seus cabelos suados desciam pelos ombros até os seios. A pele branca, igual à de um fantasma, dava a impressão de estar doente. Kane a reconheceu e não conseguiu emitir qualquer palavra.

— Kane, meu querido! Eu sabia que você viria. Tire-me daqui!

A mulher estendeu os braços em súplica e levitou lentamente na direção do caçador de recompensas.

— Demônio! Não tente mais me enganar.

— Não reconhece a sua mãe, ingrato? — A voz agora era do conhecido demônio prisioneiro de Kane.

A coisa voou, emitindo um grito estridente, com as mãos prontas para agarrar Kane. O mestiço não perdeu tempo e disparou antes que a sua falsa progenitora se aproximasse demais. A bala de prata trespassou o fantasma, que se desfez em milhares de fragmentos etéreos azulados.

Kane estava sendo confrontado pelo demônio. Desde que prendera o inimigo em seu próprio corpo com tatuagens de símbolos arcanos, era a primeira vez que ficava à mercê de seus caprichos. Não compreendia em que campo de batalha havia sido jogado. Podia ser apenas um campo de ilusões gerado pela criatura dentro de sua mente. Até que ponto era real ou ilusório o que vivenciava, não sabia dizer. Mas poderia apostar suas fichas que tinha toda a chance de ser uma projeção do inferno. Blackmoon, mesmo lembrando-se dos conselhos de Sunset Bison, não conseguia se livrar daquele conceito cristão. Sua infância fora marcada por uma educação religiosa rígida imposta pelos pais de sua mãe. Era obrigado a admitir, tinha medo daquele lugar.

Kane seguiu adiante, passando por outros vagões que também estavam vazios. Lá fora, a paisagem infernal era a mesma que vira desde o início. Atrás da próxima porta que abriria, escutou unhas arranhando-a e rosnados. Afastou-se dela e manteve o rifle posicionado. A porta se escancarou, revelando cinco criaturas parecidas com símios monstruosos, que se amontoavam, destilavam baba dos dentes e o encaravam com olhos faiscantes. Em diversas partes do corpo, nas quais deveria existir pelagem, viam-se falhas e pele aberta, carcomida pelos vermes em seu interior.

O caçador de recompensas atirou, acertando uma das criaturas, que tombou morta. Mas as outras já estavam correndo em sua direção. Não teria tempo de matar todas com o rifle. Para piorar, não carregava outras armas consigo. Em desvantagem, pensou que dessa vez não conseguiria escapar. Porém, um uivo ecoou pelo vagão. Era o espírito do coiote que vinha em seu auxílio. O canídeo, que estava logo atrás dele, se jogou contra um dos monstros, abocanhando o pescoço do inimigo. Até aquele momento, Kane não o percebera.

O mestiço, então, passou a acreditar que poderia dar conta daquelas criaturas. Não estava sozinho naquela luta. O efeito surpresa tinha lhe ajudado. No entanto, antes que pudesse puxar mais uma vez o gatilho, escutou uma voz vinda do teto do vagão:

— Aqui!

Kane olhou para cima e deparou com uma portinhola aberta. Um jovem índio *sioux* estendia a mão para ele. *Seria mais uma cilada do demônio?*, Blackmoon se questionava. Sem tempo para reflexões, pegou a mão do sujeito, que o ajudou a subir no alto do vagão. Antes que pudessem fechar a tampa, um dos símios conseguiu agarrá-lo pela perna. Porém, o seu novo aliado acertou um golpe de machadinha na cabeça da criatura, que acabou caindo sem vida sobre os companheiros na parte baixa do vagão. Os dois fecharam a tampa antes que as criaturas restantes conseguissem subir. Kane ainda assistiu ao coiote se engalfinhando e lutando bravamente contra um daqueles seres monstruosos.

O jovem índio se posicionou de joelhos sobre a portinhola, empurrando-a com as duas mãos. A lâmina de seu machado ainda fumegava. Kane percebeu que era banhada em prata.

O índio o encarava com olhar sério.

— Você não é uma projeção feita por ele. Posso sentir. Como veio parar aqui?

— Eu pergunto o mesmo — disse Kane quase aos berros para suplantar o barulho do trem.

Antes de dar qualquer resposta, Kane estava interessado em obtê-las. O *sioux* percebeu a ansiedade do desconhecido e informou:

— Entrei na mente do meu filho para exorcizar o demônio.

— Mas o demônio está aprisionado em meu corpo.

Por um momento, os dois ficaram em silêncio, pensando na situação em que se encontravam. Sentiram uma pancada embaixo da tampa. Continuaram firmes, evitando que as criaturas conseguissem subir.

— Quem é você? — perguntou Kane.

— Meu nome é Anpaytoo.

Kane não conseguiu esconder a surpresa em seu rosto:

— Você é o avô de Sunset.

— Ainda não tenho netos, homem.

— Não sei explicar como isso está ocorrendo. O demônio deve estar me enganando. Só pode ser.

— Eu sou real. Para exorcizar o demônio, preciso capturá-lo nesse receptáculo.

Anpaytoo afastou o casaco do peito e mostrou, preso na cintura, o pote de cerâmica repleto de inscrições bem conhecidas de Kane. Blackmoon não conseguia compreender, mas era como se estivesse realizando não só uma excursão insana dentro da mente do demônio, mas também uma viagem no tempo. A cabeça de Kane rodou por um instante, sentiu vertigem por não saber lidar com aquela informação de maneira racional. O caçador de recompensas afastou a camisa que usava para mostrar uma parte de suas tatuagens. O *sioux* reconheceu uma das figuras do receptáculo de cerâmica que havia consagrado.

— Incrível. Você deve ser um grande feiticeiro.

Antes que Kane pudesse dizer que não se importava com aquele elogio, os dois escutaram um uivo horrível vindo de dentro do vagão. Era o coiote gemendo. Pelas fossas nasais de Blackmoon escorreu sangue. Sentiu uma dor aguda que o fez estremecer.

— Meu espírito protetor... Ele... Morreu.

— Nós seremos os próximos. Os monstros que nos enfrentam aqui são projeções dos desejos do demônio de sombras. Ele pretende nos consumir. Devorar nossas almas.

Os símios pútridos que permaneciam vivos espancaram a tampa, tentando sair do vagão. Kane e Anpaytoo continuaram pressionando a portinhola para manter as criaturas trancadas.

— Como poderemos vencer o demônio? — perguntou Kane. — Pensei que tinha completo domínio sobre ele quando o aprisionei em meu corpo.

— Talvez ele tenha encontrado uma brecha em sua alma. Não posso afirmar. Só sei que estamos mergulhados na mente do maldito. Dentro dela, podemos localizar o coração negro e pulsante que lhe concede vida.

Naquele momento, a portinhola quase foi aberta pela força dos monstros que tentavam sair. Os gemidos dos torturados que ocupavam a planície desértica se confundiam com os sons das engrenagens do trem, dando um ar mais desolador ao cenário.

Anpaytoo apontou para a locomotiva. O trem se movia a toda velocidade. Kane se virou para saber o que o *sioux* indicava e avistou uma ponte. No final dela, havia um túnel largo, aberto em uma montanha. A entrada começou a adquirir o aspecto de uma bocarra, com inúmeros caninos animalescos. A montanha ganhou uma forma negra e viscosa, repleta de olhos que se abriram, observando a chegada do trem e fitando os dois homens sobre o vagão. Uma voz sinistra preencheu aquele mundo:

— Estou com fome, Kane Blackmoon. É a sua vez de me alimentar!

O trem entrara naquela ponte estruturada em madeira que rangia a cada movimento das rodas. Para fugir dos dentes do demônio, só mesmo pulando para a morte certa em um rio de sangue que borbulhava lá embaixo em um desfiladeiro. Tentáculos se movimentavam naquelas águas bizarras.

— Precisamos encontrar o coração! — disse Anpaytoo.

Kane hesitou. Não queria parar de empurrar a tampa que prendia os monstros simiescos. Enfim, se levantou, equilibrando-se com dificuldade sobre o vagão em movimento. Apontou o rifle para o demônio e atirou a esmo, sem ver qualquer coração pulsante. Seu tiro não causou dano algum além de um buraco pelo qual saiu um pouco de fumaça. A bocarra gigantesca gargalhou:

— Venha logo, Kane!

A cada instante, o trem, metro a metro, se aproximava daquela garganta fétida. Kane olhou para trás e observou a portinhola sendo aberta pela força dos macacos pútridos. Anpaytoo não aguentara sozinho. Um dos seres monstruosos chegou ao teto do vagão e pulou no pescoço do *sioux*. Os dois se debatiam enquanto outro símio começava a subir também. O avô de Sunset acertou a têmpora da criatura que o atacara. A prata do machado gerou o efeito desejado, fazendo com que o inimigo o soltasse e, sem equilíbrio, caísse no precipício em direção aos tentáculos que aguardavam sedentos para agarrar alguma vítima.

O *sioux* era valente. Podia dar conta de algumas feras. Porém, Kane tinha dúvidas de que conseguiria liquidar o demônio. Então, cerrou as pálpebras e imaginou o cenário de outra perspectiva. O seu totem de penas negras não o abandonaria, nem mesmo naquele lugar infernal. Do alto, avistou o trem sobre a ponte rumando para a bocarra demoníaca. Observou a si mesmo segurando o Winchester, enquanto Anpaytoo cuidava de mais um símio monstruoso sobre o teto do vagão. Kane escutava o farfalhar de asas e enxergava o mundo pela visão do corvo.

O espírito do totem deu um rasante, aproximando-se do trem e indo rumo à boca selvagem que os engoliria em instantes. Dentro da garganta, o corvo encontrou uma gema negra, parecida com um diamante irregular, que pulsava. Kane memorizou o ponto onde a pedra se alojava e abriu os olhos. Pouco antes de o mestiço entrar naquele túnel grotesco, disparou um balaço de prata do *Yellow Boy*. Os estilhaços da gema, que funcionava feito um coração até então oculto, voaram em todas as direções como em uma explosão provocada por dinamites. O demônio urrou de dor. Depois disso, tudo se fez plena escuridão. O caçador de recompensas perdeu mais uma vez a consciência.

5.
O Ieste

Ao despertar, Kane contemplou o belo rosto de Lucy. Ela sorria. O corpo do mestiço estava dolorido, e a dor mais aguda se localizava em sua barriga.

— Sabia que você resistiria. Não foi o que eu disse, papai?

Arthur se aproximou:

— Você tinha razão, minha filha. Ele é forte.

Blackmoon percebeu que estavam na cabine do trem.

— Que bom rever vocês! — falou Kane, com dificuldade.

— Pensei que você acordaria somente na Terra dos Pés Juntos, rapaz. Mas minha Lucy sabe o que diz.

Kane abriu um sorriso tímido.

— O que aconteceu depois que Walker me acertou? — O caçador de recompensas, com intensa curiosidade, conseguiu perguntar mesmo sentindo dor.

— Ele foi morto com um tiro no peito — contou Lucy. — Teve o fim que mereceu. Os bandidos que invadiram o trem não sabiam que estavam sendo monitorados por um grupo do Departamento de Justiça, que buscava por foragidos. O pandemônio se instaurou quando as autoridades resolveram intervir energicamente. Seguiu--se um tiroteio. Um verdadeiro caos. Outras pessoas acabaram sendo atingidas. Ainda bem que nenhuma com gravidade. Talvez o pior caso tenha sido o seu. Por sorte, dois médicos viajavam conosco. Eles ajudaram todos os feridos.

— A insistência da minha rica filha fez com que um deles o atendesse sem demora — interviu Arthur no relato.

— Com este sorriso, Lucy consegue o que quer. — Kane elogiou a mulher que começava a encantá-lo.

— Não precisa me paparicar, irmãozinho. Você deve estar com sede e com fome. Ainda temos algum tempo antes de a viagem terminar. Vou avisar o médico que você acordou.

— Obrigado, Lucy.

A mulher deu um beijo nos lábios de Kane e se afastou.

Blackmoon percebeu o corvo empoleirado na janela da cabine. A ave grasnou para o mestiço e levantou voo dirigindo-se para o leste.

EPÍLOGO

Kane Blackmoon havia exorcizado o demônio. Terminara com o ciclo iniciado por Anpaytoo, avô de Sunset Bison. Contudo, ainda sentia ansiedades, inquietudes e certo vazio existencial. Não se conformava com a morte precoce da mãe, nem com o fato de não ter conhecido o próprio pai. A maioria das pessoas ainda o encarava como um pária. Um homem entre fronteiras. Quase como se fosse um dos monstros que costumava caçar. Isso o perturbava mais do que podia admitir para si mesmo.

Em suas inusitadas andanças, nunca mais escutou aquela voz venenosa dentro de sua cabeça. No entanto, mesmo desejando se afastar do sobrenatural, sempre ficava enredado a ele. Evitava agir como um feiticeiro. Sabia que sua vitalidade seria exaurida, pouco a pouco, se trilhasse o caminho da magia. Continuava preferindo um Colt ou um Winchester a um cajado ou um tambor de xamã. Mas não hesitaria em invocar conhecimentos arcanos se tivesse de auxiliar algum amigo em perigo.

Quando chegou a Nova Iorque, estreitou seus laços de amizade com Lucy e com Arthur. Mesmo naquela cidade que considerava civilizada, vivenciou situações estranhas que, na maior parte das vezes, não permitiam uma explicação racional ou científica. Dos seus espíritos protetores, sentia falta do coiote, cuja existência fora ceifada durante o evento do trem, no inferno particular do demônio. O corvo, porém, ainda permanecia com ele. Guiaria o seu protegido por novos caminhos e novas aventuras pela América.

LEIA TAMBÉM

Ao abrir as páginas desse tomo, você encontrará 13 contos de horror, bem ao estilo das antigas narrativas weird. No universo de Duda Falcão habitam monstros antediluvianos, demônios, vampiros, bruxas, feiticeiros e criaturas reanimadas trazidas das garras da morte. Pessoas comuns transitam nesse mundo das trevas, desde estudantes universitários a fotógrafos, detetives despreparados e crianças inocentes. Confira essa obra e trilhe os caminhos inusitados do pulp.

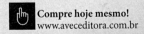

Compre hoje mesmo!
www.aveceditora.com.br

LEIA TAMBÉM

Ele está de volta! Depois de Mausoléu e Treze, o Anfitrião retorna do túmulo para horrorizar os leitores com suas histórias macabras, de medo e de sangue. Espíritos vingativos, mortos-vivos, criaturas infernais, divindades antigas e constructos enlouquecem os protagonistas privando-os da sanidade e da própria vida. Abra as páginas deste novo tomo de Duda Falcão e venha fazer você também parte do Comboio de Espectros.

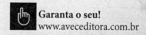

Garanta o seu!
www.aveceditora.com.br